純潔の紋章
～伯爵と流浪の寵姫～

Mari Asami
浅見茉莉

Honey Novel

Illustration

コウキ。

CONTENTS

夜更けの冷えた空気が、幌《ほろ》馬車の中にまで染みてくる。隣で寝返りを打ったソーニャに毛布を引っ張られた拍子に、マリカはふと目を覚ました。ソーニャの背中に頭を押しつけるようにして毛布に潜《もぐ》り込んだが、どうしてだか意識が冴《さ》えてしまった。

……眠れない。

夕食を取って焚火《たきび》を消し、おのおの幌馬車やテントに寝床を決めて、もうずいぶん経つ。みな寝ついたらしく、幌の外も静まっていた。

マリカは横たわった仲間の間を這《は》うようにして幌馬車から抜け出し、地面に降り立って伸びをした。女と子どもたちに宛《あて》がわれた幌馬車は十四人の大所帯で、温かくはあるが窮屈《きゅうくつ》だった。

早春の夜気を肺いっぱいに吸い込み、鬱蒼《うっそう》とした木々の枝間に光を射《さ》す、レモンのような形の月を見上げる。そう遠くないところから、フクロウのこもった鳴き声が聞こえた。

ロマの技芸集団ヨナーシュ一座が、ヘルツェンバイン王国に足を踏み入れて二か月ほど経つ。フランス国境寄りの子爵領で一週間の興行を行った後、王都ヤーデンで半月ほどを過ごした。興行を続けながら東へ進路を取り、ハンガリーへ抜ける予定だ。

流浪《るろう》の民であるロマの扱《あつか》いは、国によって異なる。ここヘルツェンバイン王国は、比較的寛容な部類だろうか。それでも宿に泊まれることはまずなく、一座も無駄に金を使う気はないので、日々の塒《ねぐら》は馬車の中と決まっている。

物心ついたときからの暮らしだから不満など持ちようもないけれど、ときおりひとりの時間が欲しくなる。それはマリカが生まれながらのロマではなく、言葉も喋《しゃべ》れない幼子《おさなご》のころに拾われた身だからだろうか。

もちろん一座の誰もが身内として扱ってくれて、虐《しいた》げられることもない。歌や踊り、楽器を教え込まれ、十七歳になった今は、中心となって芸を披露《ひろう》することもある。

自分が部外者だと感じるのは、むしろ観客の前に立ったときだ。銀髪に灰色の瞳というマリカの容姿は、否応《いやおう》なく客の目を引く。古くはペルシアに端《たん》を発するというヨナーシュ一座の、浅黒い肌と黒褐色の髪や目を持つ者の中では、明らかに異端だった。

『誰も気にしてないだろう。見た目がどうだろうと、おまえは俺たちの仲間に違いないんだから』

七つ年上で、ずっとマリカの面倒を見てきてくれたヴィートは、いつもそう言って頭を小突く。少し乱暴なその態度が、マリカには嬉《うれ》しい。見た目がどうでも、ロマとして、ヨナーシュ一座の一員として、自分はここにいていいのだと安心できる。

拾われたということは、その辺に放置されていたということで、ひとりで出歩ける年ごろになっていない子どもがそんな状態でいたのだから、親に捨てられたに違いない。そんなマリカを拾い育ててくれたヨナーシュ一座には、感謝だけでなく心からの愛情を持っている。

――――。

なにかが聞こえた気がして、マリカは森の奥を見つめた。

……なにかしら？　ウサギ……？　キツネ？

春先は森に棲《す》む動物たちも冬眠から目覚める。じっと耳を澄ましていると、また音がした。水音のようだ。

そういえば小川があったと、子どもたちが言っていた。そこから水を汲《く》んできたらしい。

なんだか喉が渇《かわ》いたような気もしてきたし、音の正体も気になる。そっと覗《のぞ》く程度なら、危険もないだろう。それでも用心のために枯れ木の棒を拾って、構えながら森へと入っていく。

月明かりに照らされて視界は悪くなかったが、なにしろよく茂《しげ》った森で、方向感覚を奪われそうになる。そのせいか、ずいぶん分け入ったように感じるのに、小川らしきものにはぶつからなかった。せせらぎも聞こえない。

引き返そうかと思ったときに、ぱしゃりと水が跳《は》ねる音が、思いがけず近くからした。マリカの腰より高く伸びた茂みを掻《か》き分けて進むと、ふいに足もとがぬかるんで立ち止まる。下生えが覆いかぶさるようにして、細い流れがあった。水深は浅く地面を這うようで、音に気づかなかったのも納得する。

流れに沿って視線を伸ばしたマリカは、幅を増して沢らしくなった先に、岩のように見える影を見つけた。

あんなところに？

場所にそぐわないと思いながら目を凝《こ》らすと、わずかにそれが動いた。マリカはびくりとして身構える。動物だろうか。それにしては大きい。オオカミだってもっと小さいだろう。

そのとき風が吹き抜けて、夜目にも白い布がひらりと揺れた。

人だわ……！

マリカは水が跳ね上がるのもかまわず、せせらぎの縁《ふち》を駆けた。近づくにつれて、それが若い男であること、上等そうなフロックコートを身に着けていることがわかる。

黒髪に縁《ふち》取られた目鼻立ちが、非常に整っているのまで見て取れる距離になったところで、マリカは足を止めた。

……生きているの……？

俯《うつぶ》せに倒れている男の下は水が流れていて、とてもじっとしていられる状態ではない。まだ水浴びには早すぎる季節だ。

しかし、先ほどわずかに動いたように見えた。

マリカは緊張にぎくしゃくとしながら、再び歩き出す。すぐそばに立っても、男はそのままだった。

「……あの……」

恐《おそ》る恐《おそ》る手を伸ばして、その肩に触れる。服はすっかり濡れていたが、その下に体温と弾力を感じて、マリカは男を揺さぶった。

「起きて！　しっかりして！」

低い呻《うめ》きとともに身体《からだ》を反転させた男に、マリカは焦《あせ》った。

生きている。しかしこのままにしておいたら、どんどん体温を奪われて死んでしまうだろう。

どうしたらいいの……とにかくここから出さないと……。

マリカは男の両腋《りょうわき》に手を入れて、思いきり引き上げようとした。しかしふた回り近く体格差がある上に、衣服が水を吸って重い。マリカの服にまで水が染みてきて、その冷たさに震《ふる》えそうなほどだ。

とてもではないが、無理だと思った。それなのにマリカは手を離すことができず、必死に男を引っ張る。下生えに助けられてどうにか水から引き上げるが、それからどうしたらいいのか途方《とほう》に暮れた。仲間の場所まで連れて行けるほどの体力は、マリカにはない。

応援を呼ぶべきだろうか。しかしここに辿《たど》り着くまでに方向を見失いそうになったことを思い出すと、戻って来られるかどうかが心許《こころもと》ない。その間に男が息絶えてしまったらと思うと、目を離す気にもなれなかった。

どうしたら……。

辺りを見回したマリカの目に、小さな洞穴《どうけつ》が映った。思わず駆け寄ると、人が横たわれるくらいの奥行きと広さがある。中は乾いていて、ロマにとっては格好の寝床になりそうな場所だ。

後はもうなにも考えなかった。渾身《こんしん》の力で男を引っ張り、洞穴へ連れて行く。途中で男が何度か大きく呻いたことが、逆にマリカを鼓舞《こぶ》した。

どうにか男を洞穴に横たえ、肩で息をしていたマリカは、自分よりもはるかに男の呼吸が荒《あら》いことに気づく。腰に巻いていたストールを外して、男の顔と髪を拭《ぬぐ》っていると、その肌がひどく冷たいことに気づいた。

脱がせたほうがいいわよね……？　濡れた服を着ているよりは、そのほうがいいはず。

身体に張りつく服を脱がせていると、左の上腕に切り傷があるのを見つけた。まだじわじわと血がにじみ出している。

マリカは髪のリボンを解《ほど》いて、腕の傷に巻きつけた。さらに男のクラヴァットを使って、肩口をきつく縛る。これで血は止まるはずだ。

馬車に戻れば、パヴラ婆の膏薬《こうやく》があるけれど……。

一座の最長老パヴラが作る薬は、鎮痛薬から下痢止め、化膿《かのう》止めまで、なんでもよく効く。

とにかくひと仕事を終えてほっと脱力したマリカの耳に、カチカチという音が聞こえた。身体を丸めた男が小刻みに震えている。歯がぶつかっているのだろう。

外よりは風を遮《さえぎ》ることができる分ましだが、本当にましというだけだ。湿ったストールを申しわけ程度に男に掛けてやるが、ほとんど意味がないことはマリカにもわかった。しかし火を熾《おこ》そうにも、マッチも火打石《ひうちいし》もない。

このままでは、助けた甲斐《かい》もなくなってしまうかもしれない。

そんな……そんなこと嫌だわ……。

せっかく苦労してここまで運んだのだから、ということもある。何度となく男と一緒に転んで、マリカも擦《す》り傷だらけだ。

それ以上に、偶然とはいえ多少なりとも関わった相手が、儚《はかな》くなってしまうなんて嫌だ。定住の地を持たないロマは、仲間以外に深く関わる人間などほとんどなく、こんなふうに近い距離で誰かといたことなど、マリカは初めてだった。

お願い、助かって。

マリカは男と向かい合うように横たわって、その身体を抱き寄せた。温《ぬく》もりを感じるのか、男がマリカの胸に額を押しつけてくる。大げさでなく氷を抱いているようで、ことに濡れた黒髪が首筋に触れると震え上がりそうだったが、マリカは男の背中に手を回して、できるだけ包み込もうとした。

胸元にかかる息が次第に温かくなり、男の震えも治まってくる。いつしか低い呻きが、規則正しい呼吸に替わった。じっとしているしかないマリカは、それを聞くうちにうとうととしていたらしい。

木々の間から差し込んだ朝日が洞穴にまで届いて、マリカの瞼《まぶた》を照らした。

「あ……」

一瞬、自分のいる場所がわからず跳ね起きそうになるが、腕の中にいる男に気づいて動きを止めた。

「…………」

男はまだ意識がない。いや、眠っているのだろうか。ずっとひそめられていた眉《まゆ》も開いて、苦悶《くもん》の表情はない。呼吸も穏《おだ》やかだ。体温も問題ないように思う。

改めて明るい中で見てみると、やはり整った顔をしている。多少顔色が悪いこともあるのだろうが、ロマの仲間を見慣れた目には、白皙《はくせき》という言葉が思い浮かぶ。長い睫毛《まつげ》や真っ直ぐに通った鼻筋が品のよさを感じさせ、つややかな漆黒《しっこく》の髪によく映《は》えている。

衣類も上等のものばかりだったから、貴族かブルジョアだろう。そんな身分の男が、単身で森の中にいたのが不可解ではあるが。

いくつなのかしら……二十……四、五くらい……？

何色の目をしているのだろう。ときおり瞼が動くが、目を開くまではいかない。

そうだわ。けがは……？

マリカはそっと起き上がって、男の左腕を確かめた。淡い水色のリボンには、表面にまで血はにじんでいなかった。付いているのも、暗褐色に乾いたものだけだ。

ほっと胸を撫《な》で下ろして、ブラウスの襟《えり》をしっかりと掻き合わせる。生乾きではあったが、男の衣類を身体に掛けてやっていると、口笛が聞こえた。

ヴィートだわ。

一座の看板犬で曲芸もするテリア種のアレシュを散歩させるときに、ヴィートが吹く口笛の音だった。おそらくマリカの姿がないことに気づいて、アレシュと一緒に捜しているのだろう。

マリカは洞穴から這い出して、男の下敷きになっていたせいで痺《しび》れた腕を振る。また口笛が鳴って、木々にこだました。

……どうしよう……。

洞穴を振り返る。ヴィートを呼んで、男を馬車まで連れて行こうか。しかしロマは、必要以上に土地の人間と関わることを避ける。それが互いのためだと、長年の間にわかったからだ。

土地の人間にとって、ロマは異端であり、場合によっては人間ですらない。助けられたからといって感謝するどころか、迷惑がられたり、最悪こちらから危害を加えられたと思い込んだりする者もいる。

そんな諍《いさか》いの元を作らないためにも、極力関わり合わないほうがいい。幸い男は回復に向かっているようだし、ほどなく目覚めるだろう。

マリカが夜更けに馬車を抜け出さなければ、もともと会うこともなかった相手なのだ。男のほうはマリカの存在にすら気づいていないだろうし、それならこのままなにもなかったようにしたほうが、きっといい。

小川の向こう岸で下生えがさがさと鳴って、褐色の犬がぬっと顔を出した。マリカと目が合うと、ワン、とひと声吠える。それに向けて人差し指を立ててみせ、マリカは沢を跳ぶように横切った。

岸縁で千切《ちぎ》れそうなほど尻尾を振っているアレシュの頭を撫でてやる。

「おはよう。ヴィートと一緒なの？」

返事を返す犬を、マリカは慌《あわ》てて促《うなが》した。

「静かに。さ、行きましょう」

駆け出すアレシュに続きながら、もう一度向こう岸を振り返るが、木がじゃまをして洞穴は見えない。

「マリカ！」

更紗《さらさ》の布を頭に巻いた長身の男が、茂みの向こうから現れる。くっきりとした目を細めて、マリカを軽く睨《にら》んだ。

「あ……おはよう、ヴィート。早いのね」

「なにを言ってるんだ。もう煮炊《にた》きが始まってる。おまえこそ、朝っぱらからこんなとこをひとりでほっつき歩いて……どうしたかと思うだろう」

「目が覚めちゃったのよ。退屈だから散歩してたの」

「それならアレシュを連れていけ。不用心だし、迷子になる」

特に気づかれてはいないようだと、内心安堵《あんど》した。一座の皆に心配はかけたくない。

「平気よ。すぐ近くじゃない」

「どうだか。おまえの方向音痴は折り紙つきだ。なあ、アレシュ」

ヴィートの言葉に、アレシュは勢いよく吠《ほ》えた。

◆

◆

「ほどほどになさいませ」

扉の向こうに医師を見送ったグンターが、ため息をつきながらセノクルを押し上げる。先代の父伯爵の時代からこの城を取り仕切る初老の家令《かれい》は、唯一オスカーに小言が言える存在だ。

「朝帰りも大目に見ておりましたが、おけがをされるようでは改めていただかねばなりません」

「大したけがじゃないだろう。ほんのかすり傷だ」

真新しい包帯が巻かれた腕を必要以上に振り上げて、オスカーは着替えのシャツを羽織《はお》った。長椅子《ながいす》に腰を下ろすと、ぬるくなったコーヒーに口をつける。

「刃物の傷ではありませんか。あれほどお付きの者を同行させるようにと申し上げておりますのに」

「冗談じゃない。娼館《しょうかん》に付き添いなんて、みっともないことができるか」

「オスカーさま！　……いいえ、旦那さま。もう二年になります。フェルザーシュタイン伯爵として恥ずかしくない振る舞いを、切にお願い申し上げます」

「ああ、わかっている。一度だって本名を名乗ったことはない。いつもてきとうなブルジョアのふりをしているさ」

「そういうことではございません」

王都エーデンの東には広大なシュヴァルツシルトの森が広がり、その先にフェルザーシュタイン伯爵オスカー・ジークヴァルトが治める領地がある。森の周囲には同じように貴族の領地が点々としていて、昨夜オスカーはそのひとつの盛《さか》り場へと出向いた。

正体がわからないように振る舞うのは常だが、身なりや金払いのよさから、さすがに市井《しせい》の民に見えるはずもない。酒場を出て辻馬車《つじばしゃ》を拾い帰路についたのだが、街道沿いで野盗に襲われた。馬車から飛び降りて森へ逃げ込んだものの、したたかに酔っていたせいで追いつかれ、ナイフで切りつけられた。財布を投げつけたらそれで引き下がったのは、不幸中の幸いだろう。

ほっとしたのもつかの間、酔いと出血による貧血で意識が朦朧《もうろう》としてきた。街道に出るつもりで、森深く迷い込んでしまったらしい。

オスカーは長椅子に背をもたれさせて、今はシャツの袖に隠れた左腕を見やった。

……せせらぎに倒れ込んだのは憶《おぼ》えている。

水量はさほどでもなかったが凍《こお》るように冷たくて、たちまち体温を奪われていくのを感じながら、しかし身体を動かすことも、目を開くことすらできなかった。けっこう簡単に人生は終わってしまうものなのだなと、感慨《かんがい》もなく思った。強《し》いて言えば、こんなところで間抜けな屍《しかばね》を晒《さら》す自分を、グンターが嘆くだろうと頭をよぎったくらいだ。

もっともオスカー・ジークヴァルトの死体だとわかる状態で発見されるという保証もない。

森には肉食の獣も棲《す》んでいる。春先のこの時期は、腹を空かせてエサを探し回っていることだろう。

しかし正直なところ、命にさほど未練はなかった。大して意味があるわけでもない、退屈な人生だ。

フェルザーシュタイン伯爵家は、十六世紀半ばの建国以来、王室との関わりも深く続いてきた名門だが、三百年を経《へ》る間に東面の要所とされた軍事力も形骸《けいがい》化され、ただ日々を浪費する無生産な貴族となって久しい。

父の急逝《きゅうせい》によって二十六歳で爵位を継いだオスカーは、内心そんな無気力な生き方が性に合わないと思いながらも、そもそも現代には立ち向かうべき問題が存在しなかった。また、安穏《あんのん》と暮らす他の貴族たちに異端と煙《けむ》たがられたり、妙に関心を持たれたりするのも鬱陶《うっとう》しい。

だから自領の内情を余すところなく把握して采配《さいはい》を振るいつつも、表向きの実務は家臣らに振り分けて、道楽者を装っている。しかし、たまに王都へ出向いて国王の機嫌を伺《うかが》い、だらけた貴族たちと挨拶《あいさつ》を交わす――それこそが自分たちの仕事といえるのかもしれないが、怠惰《たいだ》な貴族社会には歯がゆさを通り越し失望していた。そういった場所に生まれ落ち、それ以外の暮らしをしたことがないというのに、妙な話ではある。

そんな鬱屈《うっくつ》を発散するように、つい夜の盛り場へ繰り出しては金を落とす日々を過ごしていたが、最近はいっこうに面白くない。

「退屈だな」

オスカーの呟《つぶや》きに、グンターは白いものが交《ま》じった眉をつり上げる。

「それはよろしゅうございます。平穏《へいおん》の証しでございますからな」

「そう怒るなよ。無茶はせずに金を放ったから、この程度で済んだんだぞ。剣を持っていたら相手をしてやったのに」

「ロマを殺したりしたら厄介《やっかい》なことになります。近ごろは彼らを正式に保護しようとする国の動きもございますから」

「いや、ロマではないだろう。顔を隠していたが、あれはどこにでもいる街のゴロツキだ」

服装も盛り場をうろついている者たちと大差なかった。おおかたオスカーを目に留《と》めて、後をつけていたのだろう。

「いずれにしましても、大事にならず幸いでございました」

「ああ、おまえの采配には恐れ入るよ。街道に出てすぐに拾われるとは、思ってもみなかった」

オスカーが森を抜け出して街道を歩き始めると、グンターが手配した捜索隊が馬を走らせていたのだ。いく手にも分かれて、他の街から領地までの道のりを行き来していたらしい。

それにしても……。

退室するグンターを見送って、オスカーは回想に耽《ふけ》った。

目覚めたのは、動物の巣のような自然にできた小さな洞穴《どうけつ》の中だった。すぐそばに沢があって、そこで自分が倒れたのは思い出したが、ここまで移動したのだろうか——という考えは、即座に否定した。

オスカーは上半身裸だった。あの状態の自分が、服を脱いだとは考えられない。なにより左腕の傷が手当てされていた。帰城してすぐに解《ほど》かれてしまったが、薄い水色の布が巻きつけられていたのだ。

誰かがオスカーの濡れた衣服を脱がせ、止血をしてくれたということになる。しかしほとんど意識がなく、相手についてはまったく憶《おぼ》えていない。

……いや、なにか——そう、スミレのような香りが……。

貴婦人たちの凝った香水ではなく、花そのものの匂いを嗅《か》いだような気がする。そして温かく柔《やわ》らかな肌の感触も——あったように思う。目覚める前に娼館で過ごしている夢を見たのだから、おそらくそこにいたのは若い女なのではないか。

しかしあんな森の中に、それも夜中に、若い女がいるとは考えにくい。少なくとも連れがあったはずだが、手当てをするくらいなら目覚めるまで待っていてもよさそうなものだ。あるいはオスカーをどこかへ託《たく》すとか。

オスカーは小指にはめていた指輪を抜き取って、しげしげと見つめる。服を着るときに、これが転がり落ちた。オスカーのものではない。

金細工で、蔓冠《つるかんむり》の中に一角獣《いっかくじゅう》とブドウの紋章《もんしょう》が彫《ほ》り込まれている。紋章、といえるのかどうか。極《きわ》めて小さい面積だから、欠落している構成があるのは明らかだ。見様見真似でそれらしい模様《もよう》を彫っただけという可能性もある。

しかし、オスカーを介抱した相手が残していったことは、ほぼ確実だろう。自分でも気づかないうちに、落としてしまったに違いない。

一角獣の紋章か……。

モチーフとしてはそう珍しいものでもなく、せめて対のサポータがわかれば絞《しぼ》り込みも可能だろうが――。

「一角獣の化身だとか……まさかな」

思わず独り言を洩《も》らし、そんな自分に笑う。

しかしあんなところで出くわし、手当てをした挙げ句に姿をくらますなんて、ありえないことだ。まだ人ならぬものに遭遇したと思ったほうが納得がいく。

あるいは、一角獣が伴《ともな》っているという純潔《じゅんけつ》の乙女《おとめ》だろうか。いずれにしても、それも生身の人間ではないのだろうが。

「退屈しのぎに調べてみるか」

そう呟いたものの、オスカーは自分で思っている以上に、謎の女に興味を引かれていた。

ひとりで行動したのなら、並み大抵の労力ではなかっただろう。オスカーは平均以上の身長を持ち、暇《ひま》に飽《あ》かせて鍛《きた》えた身体はしっかりとした筋肉もついている。そんな意識のない自分を女ひとりの力で移動するなど、途中で放り投げられてもしかたがない。

それが夜風を遮《さえぎ》る場所で、傷の手当をしてくれて、身体を温めることまでしてくれたのだろう。まさに献身的な行動だ。その上、オスカーが目覚めるのを待たずに姿を消し、意図的ではないのだろうが指輪だけを残していくなんて、追及するなというのが無理な話だ。

きっと女神のような女に違いない。一角獣と取り合っても手に入れたいじゃないか。

オスカーは指輪をランプの明かりにかざし、緑色の目を細めた。

◆　◆

ヨナーシュ一座がフェルザーシュタイン伯爵領へ足を踏み入れたのは、マリカが森の中で若い男を助けてから半月後のことだった。

街外れで馬車を停《と》め、座長のヨナーシュ他数人がフェルザーシュタイン伯爵城へ向かうのを見送り、草原へ引き返してキャンプの準備を始める。

竈《かま》作りの手を止めて振り返ったソーニャに、マリカは首を振って手近の石を拾った。

「マリカ、だいじょうぶ？　馬車にいてもいいわよ」

「もう平気。充分休ませてもらったもの」

森を出てからは別の領地で興行を行ったのだが、マリカは熱を出して寝込んでしまった。男を介抱するのに自分も濡れてしまったせいもあるのだろうが、いつの間にか指輪をなくしていたことに、激しく気落ちしていた。

拾われ子のマリカが初めから身に着けていたという指輪で、ずっと革紐《かわ》を通して首に下げていたものだ。親から捨てられた身なのだから大切にする理由もないのだが、ヨナーシュに持っているようにといわれたので肌身離さずにいた。

『純金だから、いざというときには値打ちがつくだろうさ』

ヨナーシュはそう言っていたけれど、それならさっさと換金して、一座のために使ってくれればいいのにとマリカは思っていた。それでも足りないくらいの恩義を受けている。

しかしいざ失くしてみると、自分の一部が消えたようで、なんだか心許《こころもと》ない気持ちにさせられた。

どこでなくしたのかしら……やっぱりあのとき？

森の中で倒れた男を見つけ、必死になって洞穴《どうけつ》へと運び込んだ。何度も転んだし、服も破れたり手足を擦《す》り剝《む》いたりしていたから、革紐も切れてしまったのだろう。

気がついたのはその日の夜で、すでに一座は移動を始めていたから、森へ引き返すこともできなかった。戻ったところで、見つけられたとも思えない。

あの人はどうなっただろう……。

大鍋を火にかけたところで、マリカは竈の番を命じられた。そばの切株に腰を下ろして、勢いよく燃える火を見つめる。

万全とはいえなくても回復していたように見えたから、ほどなく目を覚まして帰路についたはずだ――と思いたい。慌《あわ》てて洞穴を離れてしまったので、ちゃんと服を着せられなかったことが心残りだ。

朝日の中で見た、端整な寝顔が脳裏に浮かぶ。いかにも育ちのよさそうな顔立ちだった。男らしくはあるのだが意外なくらいに睫《まつ》毛《げ》が長くて、思わず触れてみたくなる誘惑《ゆうわく》に駆られるほどだった。

そういえば、ときどき胸元がくすぐったかったのは、睫毛が触れたせいだったのかしら……。

マリカの服も湿っていたから、できるだけ温もりを与えるためにブラウスの襟《えり》を大きく開けて、男を包むように抱いていた。夢中だったこともあるが、男の意識がなかったからこそできたことだ。

素肌に顔を押しつけさせるなんて、ふつうなら絶対にできないことよね。見ず知らずの男にそうしてしまったことに、今さらながら狼狽《うろた》えてしまう。

「火が強すぎるぞ」

頭上から降ってきた声に、マリカは飛び上がらんばかりに驚いた。

「……ヴィート。あ……ごめんなさい、ぼうっとして」

マリカが手を伸ばすよりも早く、ヴィートは竈の前にしゃがみ込んで、棒で薪《まき》を調節する。鍋の中ではジャガイモとウサギの煮込みが仕上がって、食欲を誘う匂いをさせていた。

「まだ本調子じゃないみたいだな」

ヴィートは振り返って、下生えの上に直接胡坐《あぐら》をかく。

「そんなことないわ。今はちょっと考えごとをしていただけよ」

「指輪か？」

さすがは拾われたときからマリカの面倒を見てきただけあって、勘がいい。否定したところでそれも嘘《うそ》だとわかってしまうだろうから、マリカは小さく頷《うなず》いた。

「ずっとあったものがないって、変な感じよね。持っているときは、意識することもなかったのに」

ヴィートは答えずに煙管《きせる》を取り出して、竈の火を移す。マリカも特に返事を求めての言葉ではなかったから、膝《ひざ》を抱えて黙っていた。

ゆっくりと煙を吐き出した後で、声が聞こえる。

「縁《えん》があれば戻ってくる。そのままなら、必要のないものだってことだ」

物品に執着《しゅうちゃく》しないのは、さすらう民のロマならではだと思う。生涯、定住せずに移動し続けるためには、最低限の荷物しか持てない。ともに生きる仲間がいれば、たいていのことはどうにかなる。

「……そうね」

今年二十五歳になるヴィートは、気づいたときにはマリカのそばにいた。一座の子どもは年長者が面倒を見る倣《なら》いだが、マリカはヴィート以外に背負われたことはない。本物の兄以上に兄らしく気にかけてくれる。

一座ではリュートの名手《めいしゅ》として演奏の指揮を執《と》り、花形歌手のシャールカの伴奏をすると、マリカたちでさえ聞き惚《ほ》れるほどだ。また、ごくたまに興が乗ったときだけだが踊りを披露することがあり、目力のある中東系の魅力に溢《あふ》れた容姿と相まって、女性客の目をくぎ付けにしている。

もちろん一座の若い娘たちからも人気があり、誰と夫婦になるのかが密《ひそ》かな関心事となっていた。そのせいなのか、総じて早婚のロマにあって、ヨナーシュ一座は例外的に独身の若者が多い。

マリカも候補のひとりに挙げられているようだが、幼いころから兄同様に思って接していたせいか、まったくそんな気にはなれない。それはヴィートも同じだろう。

焚火《たきび》を囲んだ夕食の席で、城から戻ってきたヨナーシュの話があった。領主であるフェルザーシュタイン伯爵の許しがあり、興行を決定したということだった。ついてはまず明晩、城の中庭で伯爵に歌と踊りを披露するという。

出し物について話し合いながら夕食が進み、マリカも群舞に加わることになった。

「聞いた？　マリカ。伯爵さまってすごく若いんですって。まだ独身らしいわよ」

隣に腰を下ろしたソーニャが耳打ちしてくる。

「興行を許してくれるなら、若くても齢《とし》を取っててもどっちでもいいじゃない」

「張り合いが違うでしょ。見初《みそ》められることだってあるかもしれないし」

訪れた土地の人間と恋愛をして、ロマを脱してその地の人間となることもまれにあるが、まずはそういう個人的な関わりは持たない。ましてや貴族とそんなふうになることなど皆無《かいむ》だ。彼らにとって、ロマは一般人以下の存在だった。

見初めるといえば聞こえはいいが、そういう場合は閨《ねや》をともにさせて飽《あ》きたらお払い箱と相場が決まっている。マリカとしては、間違っても期待する話ではない。

「嫌よ、そんなこと。ソーニャもよけいな愛嬌《あいきよう》を振りまいたりしないで」

「もう、マリカったら子どもなんだから」

ひとつ下のソーニャは、呆れたように肩をすくめた。

べつに色恋が悪いと思っているわけではない。ただ、互いにそういう気持ちもないのに寝たりすることは気が進まないだけだ。貴族との間に、恋愛など生じないのは明らかなのだから。

なによりマリカは、今の暮らしが気に入っている。温かく楽しい仲間と一緒に行動する以上のことがあるだろうか。


フェルザーシュタイン伯爵城は、街を俯瞰《ふかん》する丘陵《きゆうりよう》に建つ、石造りの要塞《ようさい》のような城だった。見上げるような城門は跳ね上げ式で、まるで巨大な怪物に呑《の》み込まれるようにして、馬車を進めていく。

大きな軋《きし》みを上げて閉じた城門を振り返りながら馬車を降りると、再び外に出られるのだろうかと思ってしまうほどだった。

「でっけえお城だなあ」

誰かが呟《つぶや》く。これまでに数え切れないほどの城を訪れたが、たしかに地方の一伯爵の居城としては驚くほど大きく、そして古いものだ。

「昔はヘルツェンバイン王国の東の要《かなめ》だったらしい。ほら、丘に沿ってずっと城塞《じょうさい》が残ってただろう」

「どうりで。なんかその辺の陰から矢が飛んできそうだもんな」

石畳を進んでいくと壁に穴を開けたようなアーチ型の通路があって、その向こうは刈り整えられた樹木と花が咲く庭園が広がっていた。そびえ立つ城はふたつの塔を持ち、堂々たる威容を誇《ほこ》っている。

いつも思うことだが、こんなに大きな建物が必要なのだろうか。ヨナーシュ一座の全員にひとり一部屋を宛がっても、余る部屋数のほうが多そうだ。おそらく今使われている部屋だって、それ以下だろう。

中心をくり抜いた形に建つ城の、文字どおりの中庭に一座は案内された。すでにそこには酒席が用意され、周囲が階段状になった石造りの舞台もある。横の天幕は、物置や支度用に設《しつら》えられたものだろう。

「十五分で支度しろ。伯爵がお見えになる」

宴の采配役らしい強面《こわもて》の家臣が、最小限に指を振って指図する。表情などまったく動かない。

マリカやソーニャはそそくさとターバンやストールを整え、ヴィートらは楽器の調弦を始める。たいそうな衣装や舞台装置があるわけではないから、すぐに準備は済み、一列に並んでフェルザーシュタイン伯爵を待つことになった。

まだ夕映《ゆうば》えが空を染めているが、城壁に囲まれた中庭は薄暗く、あちこちで焚《た》かれた篝火《かがりび》が人影を揺らしている。

やがて回廊を進むふたつの影が現れた。マリカは自然と目を凝《こ》らしてしまい、それが若者と老人だと見分ける。ソーニャが伯爵は若いと言っていたから、モノクルをかけた白髪の老人は家臣なのだろう。

フェルザーシュタイン伯爵らしき若者は、背が高かった。ヴィートもかなりの長身だが、それ以上かもしれない。少し癖《くせ》のある黒髪で、厚い胸板と長い手足をテイルコートが強調している。

回廊から中庭へと足を踏み出した伯爵が正面を向き――。

――え……？

一斉に礼を取る仲間に倣《なら》いながら、マリカの視線は伯爵から離れなくなった。胸が激しく高鳴る。

あの人は……。

意志の強そうな眉と真っ直ぐに通った鼻梁《びりょう》、わずかに厚めの口角が締まった唇――総じて男らしく整った顔を、マリカは知っている。あの夜、森で出会った若者に違いない。

伯爵が中央の椅子の前に立ち、並んだヨナーシュ一座を見渡した。

「フェルザーシュタイン伯爵オスカー・ジークヴァルトさまのご出座――」

朗々とした声に、マリカは呼吸するのも忘れていたことに気づいて、そっと震《ふる》える息を吐き出す。

まさか再会することがあるとは思いもしなかった。どうしているだろうと思い出すことはあっても、確かめるのは不可能なのだから、考えても詮《せん》ないことだと自分に言い聞かせていた。

……よかった。無事だったのね。

腕のけがもまったく問題ない様子だ。篝火に照らされているせいもあるのだろうが、あのときよりもずっと健康的な肌色をしている。

それにしてもあの若者がフェルザーシュタイン伯爵だったとは、なんという奇遇だろう。

……緑色の目をしていたのね……。

知ることはないままだろうと思っていたオスカーの瞳は、翡翠《ひすい》のように鮮《あざ》やかな色をしていた。その双眸《そうぼう》がゆっくりと動いて、ついにマリカを捉《とら》える。遠慮のない視線は息苦しくなるほどで、マリカは小刻みに震えた。

目を閉じ、意識がなかったときには気づかなかったが、こうして存在しているオスカーは高貴な威圧感がある。名門貴族であり、一城の主ともなれば当然のことかもしれないが、森の中でマリカが出合った若者とは別人のようだ。いや、あのときが人事不省で、本来のオスカーではなかったということなのかもしれない。

わずかに目を細めたように見えたオスカーは、ふいと視線を外した。呪縛が解《と》けたように、マリカの緊張が薄れる。

オスカーはマリカをまったく憶えていないようだ。それ以前に、記憶に残っていないというべきか。意識がほとんどなかったのだから、それも当たり前のことだった。誰かに手当てをされたのは痕跡《こんせき》からわかっただろうが、それがマリカだとは知りようがない。

でも、どうでもいいことよね。

べつに感謝されたくて助けたわけでもなく、ただ放っておけなかっただけのことだ。思いがけずこうして再会を果たし、元気な姿を見られただけで充分だった。あえて打ち明けるつもりもない。

出し物はヴィオラやリュート、シャリモーによるロマ音楽の演奏。他にヴィートのリュートでシャールカが歌い、マリカやソーニャはチョチェクを踊った。

オスマン帝国が発祥の地とされるチョチェクは、ロマの間で受け継がれるうちに速度と調子が特徴的な民族音楽となった。手拍子がいっそう拍車をかけ、ターバンやスカートを翻《ひるがえ》らせて踊る。

子守唄のように聞いて育ったこの音楽が、マリカは大好きだった。賑《にぎ》やかで華やかなだけでなく、どこか哀愁《あいしゅう》を帯びていて、せつなくうっとりとする。

いつものようにヴィオラの調べに身を任せて、指先やつま先にまで神経を張りつめて踊っていたが、ふと意識を引かれた。

……なに……？

なにかが踊りに没頭《ぼっとう》しようとするマリカを遮《さえぎ》る。それが視線だと気づいたのは、回転しながら中庭を見回したときだった。もの珍しそうに見物するフェルザーシュタイン城の面々は、もちろん舞台を食い入るように見ていたけれど、その中でひときわ強い視線を投げかけてきていたのが、オスカーだった。

マリカが舞台上を奥へ移動しても、視線ははがれずについてくる。顔は言うまでもなく、ターバンからこぼれ落ちた後《おく》れ毛や、ブラウスの袖から覗く肘《ひじ》、編み上げ靴《くつ》のつま先にまで、オスカーの目を感じた。

……あ、いけない。

気を取られて振りを間違えてしまい、マリカは慌ててソーニャと動きを合わせた。

舞台に立っていれば見られるのがふつうだ。そのために踊っている。狼狽《うろた》えたり緊張したりするほうがおかしい。

もしかして……なにか思い出したのかしら……？

しかしマリカとあの夜のことを結びつけるものは、なにもないはずだ。とにかく今は集中しようと、ヴィオラの音色に意識を向けて踊った。

ぷつりと途絶《とだ》えるように曲が終わり、息を切らしながら汗のにじんだ顔を向けると、主席は空《から》になっていた。

……いない……。

オスカーはいつの間にか退席したらしい。主《あるじ》がいなくなった後は無礼講とばかりに、家臣や使用人らも腰を下ろして、料理や酒を手に取っている。次の出し物を急《せ》かすように、手を叩く者もいた。

「もっと踊りを見せろ」

「歌がいい。さっきの女に『とこしえの春』を歌わせろ」

早くも酔っているのか、口々に注文をつけてくる。

ヴィートがリュートをヴィオラに持ち替えて速弾きを始めると、どよめきが起こって手拍子が始まった。他の仲間も手に手に楽器を携《たずさ》え、ヴィートに合わせて掻き鳴らす。

やがて城の人間も歌い出し、飲みながら酒を酌《く》み交わす者、アヒルの腿肉《ももにく》を摑《つか》んで踊る者と、宴もたけなわとなった。

「マリカ――」

隅《すみ》のほうのテーブルに若い娘たちで集まり、料理を食べていたマリカの肩を、ヨナーシュが叩いた。

「こっちへ」

回廊のほうを示すヨナーシュに、マリカは叱責《しっせき》があるのかと覚悟する。親代わりとしては優しいヨナーシュだが、芸に関してはきびしい。マリカが振りを間違えたのを、見落とさなかったのだろう。

後についていったマリカは、回廊から城内へと導かれた。

「ヨナーシュ？　どこへ……」

「伯爵がお呼びだ」

「えっ……？」

見上げたヨナーシュの表情が険《けわ》しい。

「おまえの踊りが気に入ったそうだ。直接褒《ほ》めたいと」

失敗した身としては褒められるなど逆に心苦しいのだが、オスカーに会えるという機会に心が浮き立った。ロマ以外では初めて関わりを持った相手だ。偶然の再会が、否応なく彼に対する関心を引き上げていた。しかしだからといって、あのときのことを打ち明けるつもりはないが。

靴音が響く廊下を進むと、壁に取りつけたランプの下に、モノクルをつけた老人が待っていた。マリカとヨナーシュを見て、わずかに頭を揺らす。

「この城の家令を務《つと》めるグンターだ。娘だけこちらへ」

訪れた土地の領主や貴族の居城に呼ばれて芸を披露することは珍しくないが、建物の中にまで足を踏み入れたのは初めてだ。一階はぽつりぽつりと点《とも》されたランプに浮かび上がる無骨な石の床や壁がおどろおどろしく、マリカは身を縮めるようにしてグンターの後に続く。

しかし階段を上がると、景色は一変した。白い大理石の柱には優美なレリーフが施《ほどこ》され、吊り下がった巨大なシャンデリアの隙間からは、天井に描かれた花と天使が覗《のぞ》いている。中庭を見下ろす窓辺には、詰め物でふっくらと盛り上がった、座り心地のよさそうなスツールが置かれていた。

すごい……なんて豪華なのかしら。

マリカは目を奪われ、圧倒されながら歩を進めた。これが貴族の暮らす場所なのか。ロマの生活を不便だとかみすぼらしいとか思ったことはないけれど、世の中にはこれほどかけ離れた環境で日々を送っている人間もいるのだ。生まれながらに生き方が決められ、はっきりと区切られているのだと、身分の差というものを実感する。

気づけばグンターが足を止めていて、よそ見をしていたマリカはぶつかりそうになって、慌《あわ》てて頭を下げた。そんなマリカをモノクル越しの目が無表情に見下ろし、レリーフの上から金箔《きんぱく》で彩《いろど》られた両開きの扉を示す。

「伯爵の居室だ。ここから先はひとりで入ってもらうが、くれぐれも失礼のないように」

「は、はい……」

この向こうに、あの人がいる……。

にわかに緊張が増して、皮膚《ひふ》がちりちりと痺《しび》れるようだ。ゆっくりと開いていく扉を、息を詰めて待つ。

「失礼いたします。踊り子を連れてまいりました」

室内に告げたグンターは、マリカに視線で入室を促《うなが》した。

「……失礼します――」

足もとに目を落としたまま部屋の中へ入ると、周囲がいっそう明るく感じた。贅沢《ぜいたく》に使われたランプやシャンデリアが、夜とは思えないほど室内を照らしているのだ。視界の端にはゴブラン織りの布を張った長椅子や、床に引きずるほどの長さの天鵞絨《ビロード》のカーテン、マリカがそのまま入り込めそうな大きさの時計がある。

「……ヨナーシュ一座のマリカと申します。こ、このたびはご領地での興行をお許しくださり、ありがとうございます……」

どうにか口上を述べて目を上げると、オスカーは長椅子に脚を組んで座っていた。テイルコートは脱いでいて、代わりにゆったりとしたガウンを羽織っている。中庭で舞台の上から見たときよりもずっと近く、数歩進めば手が届きそうな距離だ。

……ああ、やはりあの人だわ……。

わずか数時間の邂逅《かいこう》だったが、あのひと晩の出会いは自分が思う以上に深く、マリカの中に刻み込まれていたらしい。オスカーの顔を見ているだけで、記憶が溢《あふ》れるように蘇《よみがえ》ってくる。

そうよ、鼻筋が真っ直ぐに高くて、横から見ると深い影が落ちて……朝日を浴びてもつややかな黒髪だった……。

それにしても、あのときは目を閉じていてわからなかったが、なんて深い色の目をしているのだろう。まるで森の奥深くにひっそりと湧いた泉のようだ。ひんやりと冷たくて、底も見えなくて、それなのに近づいて手を伸ばしたくなるような。

その緑色の双眸《そうぼう》がわずかに細められ、口元もふっと緩む。

「まともにロマの芸を見たのは初めてだったが、なかなか見ごたえがあった。ことに踊りは、見ているほうも心が浮き立ってくるな」

声は低く、しかしよく響き、完璧な発音と相《あい》まって優美な楽器の音のようだとマリカは目を見開いた。

「あ……でも私、振りを間違ってしまって……お恥ずかしいことです」

深々と頭を下げたマリカの耳に、含み笑いが聞こえた。

「そうだったのか？　黙っていればわからなかったものを」

「あ……」

城主に披露する芸を失敗したなんて、叱責の対象となっても言いわけはできない。だからこそ日ごろから、ヨナーシュにきびしく指導されているというのに。

「申しわけありません！　鍛錬《たんれん》が足りず――」

「かまわない。楽しませてもらったからな。――座るといい」

指し示されたのは向かい側の椅子で、象眼《ぞうがん》を施《ほどこ》したテーブルにはワインと数種類のチーズ、薄切りにした燻製《くんせい》肉が並んでいた。まだ早春だというのに、ガラスの器に盛られたキイチゴとクロスグリもある。

「……いいえ、このままで」

伯爵と同席するなど、とんでもないことだった。そう教えられてきたし、身分の違いが身を持ってわかった今となっては、この距離で対峙《たいじ》していることすら恐れ多い。

知らなかったこととはいえ、オスカーを抱きしめて眠ったなんて、口が裂けても打ち明けられない。不敬と断罪されても申し開きができないことだ。

「拒《こば》むなど許されると思うのか？」

口調は軽かったが、マリカははっとした。遠慮のつもりがそうとは思われないこともあるのだと、むしろ意に逆らったと取られるのだと気づいて狼狽《うろた》える。

「……いえ、そんなことは……失礼いたします……」

そっと椅子に腰を下ろしたマリカは、オスカーにワインのデキャンタを差し出されてかぶりを振った。

「私、お酒は飲めません」

一座の仲間は、早い者は十を過ぎたころから飲み出すが、マリカは苦手だった。甘い果実酒を薄めても、顔が火照《ほて》って動悸《どうき》が激しくなってくる。

オスカーは目を見開いた後で、くつくつと笑った。

「そうか。では、代わりに俺が飲むとしよう」

その言葉に、ワインを勧められたのではなく酌《しゃく》を求められていたのだと気づき、マリカは慌ててデキャンタを受け取った。

「申しわけありません、気が利《き》かなくて……あの、どうぞ――」

オスカーのグラスにデキャンタを打ちつけながら、どうにかワインを満たす。それを味わうようにゆっくりと口に含んだオスカーは、緑色の目でマリカを見据《みす》えた。

「ロマは酒豪が多いと聞いていたが」

「不調法者で申しわけありません……」

「見た目だけでなく、そんなところも異質だということか」

マリカの容姿がロマらしくないことを言っているのだろう。なんだろう。責められているわけでも、叱《しか》られているわけでもないのに、ひどく緊張する。視線を向けられることなど、舞台に立っていて慣れているはずなのに。

「コーヒーを運ばせるか」

「いいえ、おかまいなく」

「では、なにかつまむといい。そのクロスグリは温室で作らせたものだが、熟《う》れごろだ」

オスカーは宝石のように光るクロスグリとキイチゴをひと粒ずつつまみ上げ、身を乗り出してマリカに差し出した。その位置が妙に顔に近く、マリカは戸惑《とまど》いながら手で受け取ろうとする。

「ふっ……」

また笑われた。肩を揺らすオスカーの指先から果実がこぼれ落ち、マリカの手のひらに転がった。

なんなの……？　またなにかおかしなことをしてしまったのかしら？

ワインを飲むオスカーを窺《うかが》いながら、マリカはクロスグリを口に入れた。瑞々《みずみず》しい果肉の甘みが口中に広がって、遅れて香りが鼻腔《びこう》を満たす。

「美味《おい》しい……！」

「それはよかった。では、これは？」

オスカーはクロスグリをワインのグラスに浸《ひた》してから、マリカの鼻先に近づけた。果実そのものよりもよほど強い匂いがする。

「いくつになる？」

「……十七です……」

「それなら、これくらいは味わえないとな」

……お酒は飲めないって言ったのに……。

酒浸しの果実などワインを飲むのと変わりないが、有無を言わせない強引さに、マリカはしかたなく手を差し出した。しかしクロスグリをつまんだ指は一瞬ふいと上がって、またマリカの口元に戻ってきた。

「口を開けろ」

なにを考えているのだろうと指の向こうにある顔を見つめるが、じっと凝視する緑色の双眸《そうぼう》に捕まって、操られるように口を開いた。滑《なめ》らかで張りのある果実が唇に触れる。それがするりと舌に乗り、濃厚な渋みが染み渡る。思わず眉を寄せたマリカの口中に、オスカーの指が差し込まれた。

「……んっ……」

クロスグリを押しやり、マリカの舌に指の腹をなすりつける。

な、なに……？

反射的に頭を逸《そ》らそうとしたが、それよりも早く指は退いた。わけのわからない行為に呆《ぼう》然《ぜん》としながら、口の中に広がる甘酸《あまず》っぱさを味わう。歯に当たって、果実の皮が弾《はじ》けたらしい。

オスカーはその指をぺろりと舐《な》め、マリカを見ながら目を細めた。なんだかひどく淫猥《いんわい》なことをされたような気がして、動悸が激しくなる。

「その扉の向こうだ」

わずかに首を振るようにして、顎《あご》で示された方に視線を向ける。

「……え……？」

鎧姿《よろい》の天使が剣をかざして竜を踏みつけている巨大なタペストリーの横の、扉のことだろうか。退出を促されているのかと思ったが、入ってきた扉はマリカの後方にあり、示された扉は出口とは思えない。

「……あの——」

「寝室は向こうだと言っている」

ようやくマリカにも意図が呑《の》み込め、同時に腰を浮かせる。オスカーはマリカを寝所へ連れて行って抱くつもりなのだ。

立ち上がったもののいっこうに歩き出す様子がなく、じわじわと後ずさるマリカに、オスカーはグラスを置いて顔を上げた。

「どうした。なにをぐずぐずしている」

オスカーは立ち上がりながら、ガウンを脱ぎ捨てた。一度長椅子の座面に乗ったそれは、

絹のなめらかさで床に滑り落ちる。

近づいてくるオスカーを避《さ》けるように、マリカは椅子の背もたれの向こうに回った。

嘘でしょう……あの人がそんなこと……。

森の洞穴でひと晩を過ごしたときのオスカーは、とてもそんなふうに見えなかった。意識を失っていても高貴さは隠しようがなかったけれど、きっと心身ともに高潔な若者だと思っていた。

それなのに——。

「……ご、ご挨拶《あいさつ》のために伺《うかが》いました」

「それが？　挨拶は済んだ。いや、これからと言うべきか」

オスカーはほんの数歩でマリカの前に立ち、手首を摑《つか》んだ。

「そのために来たのだろう？」

「違います！　私は身体は売りません！」

思いきり声を上げたが、オスカーは嘲《あざけ》るように喉を鳴らした。

「ロマが芸を見せて稼ぐだけだなどと、聞いたことがない。なにも作り出せないおまえたちにとっては、身体が商品だろう」

なんてひどいことを言うの……。

マリカは唇を震わせる。そういう事実を否定はできないし、ロマの身分が平民以下だということも確かだが、面と向かって貶《おとし》められたのは衝撃だった。それもオスカーの口から出たことに、追い打ちをかけられる。

こんな人だったなんて……。

「追いかけっこも度が過ぎれば興ざめだ。さあ——」

「嫌っ……！」

手を振り解こうと激しく抗《あらが》った弾みに、頭を包んでいたターバンが解け、腰近くまで長さのある銀髪が流れ落ちた。同時にオスカーの手が離れ、マリカは転がるように廊下へ続く両開きの扉へ向かう。

「待て！」

背中に響いた声に、待つ義理などないはずなのに、マリカの足が止まった。人を従わせることに慣れた声は、それだけの威力を持つものなのだろうか。

両肩に大きな手が乗って、マリカは息を詰めた。強く握れば、マリカの骨など砕《くだ》きそうな力を感じさせる。

「このまま出て行けば——」

肩を掴んだまま、指先がマリカの髪を掬《すく》い上げた。絡めるように指に巻きつけて、軽く引っ張る。マリカの背中を、冷たい汗が伝った。

「興行は中止になるかもしれないぞ。それだけではない、不敬の廉《かど》で捕《と》らえることもできる。

もちろんおまえだけでなく、一座全員だ」

ヨナーシュを始めとする仲間の顔が次々と脳裏に浮かんで、マリカを追い詰めていく。幼い子どもたちや年寄りまで、牢獄《ろうごく》に繋《つな》がれるというのだろうか。自分がオスカーを拒んだせいで――？

では、このまま身を任せれば、危機は乗り切れるのだろうか。己《おのれ》の思いどおりにならなければ、無慈悲《むじひ》な采配を下そうとするこの男が信用できるだろうか。

なによりこんな男の意のままにされるなんて、今のマリカにはどうにも我慢ができない。その憤《いきどお》りだけを頼りに、マリカは両肩の手を振り払って、オスカーを睨《にら》み上げた。

「……伯爵さまのお言葉とは思えません」

森でひと晩、温もりを分け与えた若者が、人を人とも思わないわがままで傲慢《ごうまん》な貴族だったなんて、本当に悔《くや》しい。一瞬でも再会に胸を躍《おど》らせたことすら、激しく後悔する。

オスカーは緑色の目を瞠《みは》ってマリカを凝視していたが、ふいに唇を緩《ゆる》めたかと思うと、喉を反らして笑った。

……な、なに……？

それはマリカが逃げるのも忘れて呆然とするほどで、やがて腹を押さえて笑い治まったオスカーは、マリカの顎《あご》を掴んだ。

「触れれば溶けて消える雪のような儚《はかな》い容姿のくせに、ずいぶんと勇《いさ》ましいことだ。俺に言い返すなど、グンター以外では初めてだぞ」

言葉そのものは非難なのだろうが、オスカーは妙に機嫌がよさそうだった。それこそマリカがこの部屋を訪れて以来、今がいちばん楽しそうに見える。

しかしマリカは戸惑《とまど》っていた。処罰も覚悟で真っ向から抗ったわけで、その反応は予想外だったのだ。

「気に入った」

オスカーの顔がぐっと近づき、マリカははっとして顎を摑んだ手を押し返す。それにもあっさりと離れたオスカーは、貴族らしからぬしぐさで肩をすくめた。

「この地に逗留《とうりゅう》中は、おまえを側仕えとして雇《やと》う。もちろん相応の報酬を与えよう」

「……は？　な、なにをおっしゃっているんですか？　私はヨナーシュ一座の者で――」

「だから逗留の間だと言っているだろう」

「興行があります」

「振りを間違えるような踊り子がひとり抜けたところで、大した痛手ではあるまい。むしろここにいたほうが稼げるぞ」

いったいなにを考えているの……？　意味がわからないわ。

そもそもマリカのなにを気に入ったというのだろう。寵《ちょう》を授けるというのを拒んだ上に非難したというのに。

……まさか……。

マリカをそばに置いて、機を見て犯すつもりだろうか。

そんな心中を見透《みす》かしたのか、オスカーは口端を上げた。

「側仕えとして雇うと言った。これも嫌だと言うなら、先ほどの件、本気で考える」

一座の命運を持ち出されては、これ以上抗うことはできなかった。フェルザーシュタイン伯爵領での逗留は、そう長い期間ではない。今は妙な執着を見せているけれど、すぐにマリカに対する興味など失うだろう。

……おかしな人――。

人間の印象など、ましてや人事不省に陥《おちい》ったときのことなど、当てにならないと思った。いつの間にか美化していたこともあるのだろう。あのときは身も心も高貴な若者に見えたが、実際のオスカーは身分と地位に胡坐《あぐら》をかいた鼻持ちならない男だった。

しかし一座を守るためには、従う以外ない。

◆

◆

オスカーはマリカを留め置いて、座長のヨナーシュを呼びつけた。そして側仕えとして召《め》し抱えることを伝えると、ヨナーシュはひどく戸惑ったような顔をした。齢のころはオスカーの亡父とそう変わらないだろうロマの長は、口ひげの陰で「それは……」と呟《つぶや》いたきり押し黙っている。

「なんだ、この娘といいおまえといい、欲のないことだな。城に上がるなど、ロマの身分では願っても叶わぬことだぞ。それを渋るとは無礼千万」

「い、いえ……決してそのようなつもりはございませぬ」

「ではなんだというのだ」

ひと言発すれば城の末端にまで意向が行き届くことが常のオスカーにしてみれば、こんなふうに躊躇《ためら》われたり、マリカのように真《ま》っ向《こう》から拒まれたりすること自体がありえない。それも相手は流浪の民だ。オスカーを誰だと思っているのだろう。

しかしどういうつもりなのか、王都ではロマ擁護の動きもある。たとえ国王であっても、各貴族が治める領地内のことには口出し無用とはいえ、噂《うわさ》になるのも厄介だから危害を加えるつもりはないが。

その分、思いがけず我慢を強いられているわけで、オスカーは苛《いら》立《だ》つ。

小娘ひとり引き取るくらいのことで、なぜこんなに手間取らなければならないんだ。しかしその面倒を差し引いても、マリカを手元に置きたいと思う。自分でもどうしてなのかわからないくらいだ。

おそらく、件《くだん》の森の女がいっこうに見つからないことが原因かもしれない。

傷が癒《い》えるのも待たず、オスカーはたびたび城を抜け出しては、シュヴァルツシルトの森を探索して回った。狩猟小屋らしきものを見つければもちろんのこと、朽《く》ちかけた廃屋《はいおく》にまで入り込んで、念入りに女の痕跡《こんせき》を探した。

近ごろでは森に隣接した集落にまで足を延ばし、一軒一軒をつぶさに訪ねてそれらしき人物が見当たらないかどうか見て回り、思い当たる者がいないかどうか尋《たず》ねさえもした。

それなのに、情報はひとつもない。森を活動の場とする猟師にも当たってみたが、夜の森で女を見かけたことなどない、本当に存在するのかと一笑に付された。

オスカー自身、問われた立場ならそう言うだろう。若い女がうろついているなど、本来ならありえないのだ。夜の森は男にとっても物騒《ぶっそう》すぎる。

それでも自分が誰かに救われたのは事実であり、証拠も残っている以上、諦《あきら》めきれずにグンターの目を盗んでは森へ足を運んでいる。しかしこのまま女を見つけることはできないのではないかという焦《あせ》りが、日々募《つの》っていた。

思いどおりにいかない歯がゆさや欲求不満を感じているところに、ふいに現れたロマの娘は、強いて言えばオスカーの日常とはかけ離れた位置にいるところが、森の女と重なる。依然として行方《ゆくえ》の知れない森の女の代わりに、目についたロマの娘を手っ取り早く手に入れたい——言うなれば代償行為なのだろう。

しかしそれを差し引いても、関心を引く娘だった。

埃《ほこり》まみれなのかと思うほど一様に浅黒い肌を持ち、黒褐色の髪や目をしたロマの中で、抜けるように白い肌と灰色の瞳、見事な銀髪をしたマリカは、その異質さが興味をそそる。加えて客観的にも美しい容貌《ようぼう》をしていた。多くの貴婦人と接し、また歓楽街で美貌を誇《ほこ》る女たちを見ているオスカーでも、目を奪われたほどだ。

その透明な美しさどおりに楚々《そそ》としたおとなしい娘かと思えば、オスカーを領主とも思わないような態度で撥《は》ねつけた。

まったく……女に「嫌」なんて言葉を吐かれたのは、生まれて初めてだ。

しかし、それが新鮮でもあった。望めばいつでも自ら身を横たえるような女ばかりで、オスカーもそれが当たり前だと思っていたから、本気で逃げようとするマリカを見て、妙に心が躍《おど》った。子どものころに、野ウサギを見つけて追いかけたときのような興奮だ。

森の女捜しの傍《かたわ》ら、思うに任せない無聊《ぶりょう》を、同じく毛色の変わった娘で気晴らしをするのも悪くない——そう思ったのに、ここでまたヨナーシュが返事を渋る。

オスカーが苛立たしげに椅子の肘掛を叩くのに気づいたのか、ヨナーシュは畏《かしこ》まるようにして俯《うつむ》いた。

「……マリカは、ヴィートという若い衆と添わせて、いずれ一座を任せるつもりでおりますので……」

「ヴィート？」

「リュートを奏でていた若者でございます」

横からグンターに説明されて、オスカーは長身で目つきの鋭い男を思い出した。たしかに演奏の腕は群を抜いていたように記憶している。

しかしヨナーシュの言葉に、その横でマリカは驚いたように目を瞠《みは》っていた。おそらくヨナーシュのそんな計画は初耳だったのだろう。

……ということは、マリカを差し出すまいとする方便なのか？

マリカの拒絶は興味をそそったが、ヨナーシュが逆らうのは苛立たしい。だいたい一座を統《す》べる立場なら、マリカひとりよりもその他の行く末を案じるべきだろう。拒めば全員が窮《きゅう》地《ち》に立たされる可能性もあるのだ。

それほどマリカが重要なのだろうか。たしかに目立つ容姿は、いずれ一座の花形とすることも可能だろうが、そのわりに先刻の出し物でのマリカの扱《あつか》いは、たいしたことがなかった。むしろ目立たぬように、紛《まぎ》れ込ませているようにも見えた。

「そもそもこの娘は、どういった経緯で一座にいる？　親がいるなんて答えを信じる気はないぞ。まさか、かどわかしたのではないだろうな？」

「め、めっそうもございません！」

ヨナーシュは慌《あわ》てて否定し、マリカをちらりと見てからため息交じりに答えた。今から十五年前、マリカがまだ言葉も喋《しゃべ》れない幼子のころに、オーストリアの森の中で拾ったのだという。

「――しかし、今となっては我が子も同然でございます。慈《いつく》しんでまいりました気持ちに、嘘はございません」

祈るように手を合わせるヨナーシュだったが、オスカーにはなにかが疑わしく思えた。しかしそんなことよりも、このままだとマリカがあのヴィートという若者と女合《めあ》わされることが気になる。

マリカも驚いてはいたようだが、特に異論を挟《はさ》まないところを見ると、まんざらでもないということだろうか。もしかしたら、すでにマリカは密かにヴィートを好いていて、だからオスカーを拒んだのかもしれない。伯爵の自分の寵《ちょう》を受けるよりも、ただの男に操を立てたのかもしれないということが、ひどく面白くない。

「話はわかった。しかし俺が言っているのは、マリカを側仕えとして雇うという話だ。なにも問題はないだろう」

使用人に手を出すなど貴族の世界では日常茶飯事で、仕えるほうもそれを承知の上、むしろ手つきになることを望んでいる。さすがにヨナーシュはそういった事情を理解しているらしく、唇を噛《か》みしめていたが、マリカがとりなすようにその腕に触れた。

「平気よ、ヨナーシュ。身の回りのお世話をするだけだもの。それに興行中だけのことだし、お給金ももらえるんですって。舞台に出られない分、頑張《がんば》るわ」

それを見ながら、オスカーは口端を緩めた。

先刻脅《おど》した甲斐《かい》があってか、マリカは一座に危害が及ばないように、城で勤める覚悟だ。本気で側仕えだけすればいいと思っているあたり、世間知らずもいいところだが、それがまた可愛《かわい》らしくもある。しばらくの我慢と言わんばかりの口調は小憎《こにく》らしいが、そんな気持ちを翻《ひるがえ》させるのも一興だ。

女ひとりに落とすことに、ここまでこだわったのは初めてだが、とにかくしばらくは気晴らしになりそうだ。

◆

◆

そのままフェルザーシュタイン伯爵城に留《と》め置かれることになったマリカは、仮部屋として与えられた三階の小部屋の窓から、城門を出ていく馬車を見送った。せめて仲間に挨拶《あいさつ》がしたいと訴《うった》えたのだが、

「どうせひと月もせずに戻るのだから我慢しろ」

と、許されなかった。

翌日は早朝に叩き起こされ、侍女《じじょ》にふたりがかりで湯浴《ゆあ》みさせられ、ひと皮剝《む》けたかと思うほど全身を念入りに擦《こす》られた。

「おやまあ、全身真っ白だね。それになんて華奢《きゃしゃ》なんだろう」

でっぷりと肉のついた四十がらみの侍女が、空色の絹シフォンのドレスを抱えてやって来て、シュミーズ姿のマリカを見て両手を上げる。

「まああたしだって若いころは、すれ違う男がみんな振り返ったもんだけど」

「あら、あたしがこのお城に来た十年前には、カーラはもうその体型だったわよ」

「それより見て、この銀髪。あんまりさらさらするものだから、ピンが滑り落ちちゃうのよ。鏝《こて》で巻かないとだめかしら」

髪なんてひとつに束《たば》ねておけばいいのではないかとマリカは思うのだが、三人はあちこち持ち上げたり後ろや横に回ったりして、真剣に相談している。こんなことをしているよりさ

っさと服を着て、仕事に取りかかりたい。

給金をもらうからにはそれ相応に働かなくては、オスカーになにを言われるか。とにかく一座に危害が及ぶことは避《さ》けなければならない。

「あー、だめだめ。こういう髪は巻いてもすぐに伸びちまうよ。せっかくきれいなんだから、このままでいい。リボンでもつけてさ。——じゃ、締めちまおうかね」

カーラが取り出したのは、光沢のある絹地に刺繍《ししゅう》を施《ほどこ》したコルセットだった。シャールカが舞台に立つ前は必ず身に着けていて、紐《ひも》を締め上げる手伝いをしたこともある。

「ほら、えっと、マリカだっけ？　こっちへおいで」

手招きをされて、マリカはそのコルセットが自分に使われるのだと気づいた。冗談ではない。あんなものを締めたら、きっとまともに動けなくなる。

「いえ、私はいいです……」

しかし後ずさろうとした背中を、他の侍女に押された。

「いいとか悪いとかじゃないのよ。女は身に着けるものなの。これでもカーラだって締めてるんだから」

「これでもはよけいだよ。さ、早く」

逃げ場のないマリカの胴体にコルセットが巻かれると、カーラは感嘆の声を上げた。

「なんだい、この腰の細いこと！　マリカ、あんたいいとか言って、ずっとコルセットで絞《しぼ》り上げてきたんじゃないのかい？」

「あたしたちも湯浴みさせてびっくりよ。あんなきれいな裸、見たことないわ。踊ってるせいかしらね？　それとも食べ物かしら？」

「ま、欲を言えばもう少しメリハリが欲しいとこだね。けど、これならすぐに仕上がるってもんだよ——せえのっ！」

「や、やめてっ……もう——」

骨が軋《きし》むかと思うほど締め上げられて、マリカはたまらず呻《うめ》き声を上げた。

「ああ、こんなもんで充分だね」

あっさりと解放されたが、胸の下から腰までが硬く狭い筒《つつ》に閉じ込められて、満足に息も吸えない。

「……む、無理です……解《ほど》いて……」

「なにを言ってるやら、この子は」

「そうよ。これからは毎日これを身に着けて過ごすの。それが女の嗜《たしな》みよ」

苦悶《くもん》するマリカの視界に、ふわりと透けるようなドレスが翻《ひるがえ》った。先ほどカーラが運んできたものだ。

マリカの日常着といえば、木綿《もめん》や麻のブラウスに毛織のスカートと上着、ストールやリボンは綿更紗とだいたい決まっている。だから、カーラたちが身に着けているお仕着せのドレスを見て、密かに期待していたのだ。自分も同じものを着られるかもしれない、と。濃紺に細い縦縞《たてじま》が入ったドレスは飾り気のないものだったけれど、袖口に重ねられたレースが可愛らしかった。

しかし今、カーラたちがマリカに着せ掛けようとしているのは、お仕着せのドレスではない。空色のドレスはよく見れば微妙に色の違うシフォンが重ねられていて、刺繍の意匠《いしょう》もさまざまだった。重なり合って透けることによって、ひとつの図案が浮かび上がってくる仕組みだ。

「あの……このドレス……」

「気に入らないの？　銀髪にとても似合うと思うけれど」

「いいえ、そんな。でも……どうして私に……？」

「そりゃあ身近に置くなら、少しでも見栄《みば》えがいいほうがいいからでしょ。うちの旦那さまは面食いだから――はい、袖はこっち」

かつてない心地いい肌触りがマリカを包む。広く開いた襟元は銀糸で縁取られ、その上で小さな真珠が列を作っている。たっぷりと襞《ひだ》を寄せて膨《ふく》らませた袖は、肘の辺りでいったん窄《すぼ》まり、繻子《しゅす》のリボンで飾られていた。銀糸で刺繍した幅広のサッシェを高めの位置で結ぶと、それを押し返すように膨らんだスカートは少し裾を引く長さだ。足が見えないドレスなど初めて着る。

「素晴らしいじゃないか。どこのお姫さまかと思うね」

満足そうに頷いたカーラは、マリカの肩を摑《つか》んでスツールに座らせた。太い指が器用に動いて、青い天鵞絨《ビロード》に真珠をあしらった髪飾りをつける。最後に華奢な踵《かかと》の靴を履《は》かされたマリカの前に、鏡が運ばれてきた。

「………」

誰だろう、このお姫さまは。いや、もちろん自分が映っているのだとわかっているけれど、どう見てもロマの娘ではなかった。ドレス一枚でこんなにも変わるものなのかと、我ながら見入ってしまう。

「声も出ないってとこかね」

含み笑ったカーラは、マリカの目を覚まさせるように手を叩いた。

「さあさあ、旦那さまがお目覚めの時間になっちまう。これからお部屋に伺《うかが》うから、ついておいで」

「は、はい！」

自分の務めを思い出して立ち上がったマリカだったが、慣れない靴は思った以上に歩きにくく、また足もとがまったく見えないことが戸惑《とまど》いを増した。裾をつまんでとか、曲がるときにはスカートを回してとか、カーラに教えられながら、大そう時間をかけてオ人カーの居室へと辿《たど》り着いた。

扉の前で、カーラはマリカの背中を軽く叩いた。

「行っておいで。くれぐれも粗相《そそう》のないように。なにかあったら、呼び紐《ひも》を引くんだよ」

ひとりにされるのかと思うと心細かった。伯爵家の使用人としては豪快で粗雑な侍女だと初めは思ったものの、気取ったところのないカーラを、マリカはいつの間にか頼りにしていたらしい。

忙しそうに立ち去ってしまったカーラを見送って、マリカは小さく息をつくと、扉を開いた。

「おはようございます……」

そっと中を覗くと、すでに居間はカーテンが開け放たれて、明るい日差しに包まれていた。昨夜目にしたタペストリーの天使が、きらきらと輝いている。

中央の長椅子にはガウンを羽織ったオスカーがいて、傍《かたわ》らに家令のグンターが控えていた。モノクル越しの目がわずかに細められる。

「ほう……これは見違えた」

グンターの声に、カップを口にしていたオスカーも目を上げた。自然の光の中で、その双《そう》眸《ぼう》は宝石のようにきらめく。

「悪くないな」

「マリカ、こちらへ」

グンターに呼ばれて、マリカは緊張の面持ちで歩を進める。途中で靴がドレスの裾に引っかかってわずかによろめいたが、それどころではなかった。

しかし気づいたらしいオスカーは、カップを手にしたまま俯《うつむ》いて肩を震わせている。それを咎《とが》めるように、グンターが咳払《せきばら》いをした。

「お、おはようございます。伯爵さまにはご機嫌麗《うるわ》しく――」

「ああ、朝から楽しませてもらっている」

「まずはこちらで、お飲み物の給仕をしなさい。その後は朝食が運ばれてくるから、控えて待つように」

「はい……」

グンターはマリカにそう言い置くと、オスカーに一礼して退出した。

コーヒーのおかわりを汴げばいいのかしら……。

マリカが立つ位置からは、オスカーが手にしているカップの中は見えず、身を乗り出すようにして覗いてみる。つま先立ったせいで、身体が小刻みに揺れた。

「そんなことをしていると、今度こそ転ぶぞ。近づけばいいだろう」

オスカーはそう言って、空のカップを差し出した。

「あ、はい」

青い花模様を染めつけた磁器のコーヒーポットは、細く優美な曲線の注ぎ口をしていて、傾《かたむ》けても少しずつしか出てこない。オスカーを待たせてしまうという思いが、ついポットを大きく傾けることになり、ふたが外れて転がった。ぎょっとしてそれを目で追うと、いつの間にかカップの縁《ふち》近くまでコーヒーが満たされている。

「あっ！　ああっ、カップが……わ、わ、コーヒーが――熱っ……」

「慌てるな。まずはカップとポットを置け」

言われるままに動いてから、床に落ちていたポットのふたを拾う。幸い欠けてはいないようで安堵《あんど》していると、オスカーの手が伸びる。反射的にふたを手渡そうとしたマリカだったが、手首を掴まれた。

「あ――」

昨晩の振る舞いが瞬時に蘇《よみがえ》って、マリカは身をすくめる。

「火傷《やけど》はしなかったようだな」

しかしオスカーはマリカの手を一瞥《いちべつ》すると、すぐに手を離してコーヒーを飲み始めた。

……なんだ。心配してくれたのね。

寝室に連れ込まれそうになった経緯があるせいか、どうしても警戒してしまうが、側仕えとして雇うと言われたのだから、期待を込めてそれを信じるしかない。それにこうして朝の光の中で見るオスカーは、色事とは無縁の貴公子然としていた。そう、森の洞穴の中で見た姿を彷彿《ほうふつ》とさせる。コーヒーを飲むしぐさまで優雅で洗練されている。

「失礼いたします。朝食をお持ちいたしました」

ワゴンを押してきた使用人が、窓際のテーブルに皿やグラスを並べ始めた。レンズ豆と白身魚のスープ、数種類のソーセージとピクルス、とろりと柔らかそうな煎《い》り卵に焼き立てのパン——ロマの暮らしでは燻製肉とパンの朝食がせいぜいで、マリカは朝から豪勢な献立に目を奪われながら、手伝いをしようとテーブルに近づくが、使用人に制されてしまった。

配膳を終えた使用人が去っていくと、手持ちぶさたで立っていたマリカに、オスカーが近づいてくる。

「座れ」

……え……？

なにを言われたのかわからなくて戸惑っていると、席に着いたオスカーはマリカを見て、向かいの椅子を示した。

「そこに座れと言っている」

「え……でも……」

グンターに命じられたのは、朝食の間は控えて待つようにということだった。目障《めざわ》りにならない程度の位置で立っていればいいのではないか。向かい側に座って見守っているというのは、さすがにマリカでもおかしいと思う。

「スープが冷めるぞ。さっさと食べろ」

「わ、私も……ですか？」

オスカーと向かい合って食事をするというのか。

「見ればわかるだろう。朝からふたり分食べろというのか」

たしかに食事はふたり分配膳されていた。それでもマリカは使用人なのだから、まさか自分の分が用意されたとは思わなかったのだ。誰かがやってくるのか、あるいは貴族独特の習慣なのかと、勝手に納得していた。

「……あ、じゃあ……失礼します」

恐る恐る席に着くと、魚の出汁《だし》のいい匂いがたちまち食欲を刺激した。食べ始めたオスカーの所作を真似て、スープを飲む。濃厚で複雑な味は、魚だけでなく野菜もたっぷり溶け込んでいるからだろう。これだけで充分朝食になりそうだ。

「美味《おい》しい！　全然水っぽくない」

思わず笑顔で声を上げると、オスカーは手を止めてマリカを見つめた。

あ……いけない。マナー違反だわ、きっと。

「……す、すみません……美味しくてびっくりして……つい……」

「ソーセージも食べてみるといい。我が城の料理人の自慢だ」

叱責されなくてほっとしたものの、マリカは慎重になって食事を続けた。それでも新しい皿に手をつけるたびに、感動にも似た喜びが口に広がる。

先にカトラリーを置いたオスカーは、ナプキンで口元を拭《ぬぐ》いながら含み笑った。

「べつに黙って食べろとは言っていない」

「でも……食事にはいろいろと細かな作法があるんでしょう？」

「時と場合による。国王主催の晩餐《ばんさん》会ともなれば、グラスの上げ下げにも決まりがあるが、ここでそんな真似をしても、なにを口に入れているかわからなくなるだろう。堅苦しくてやっていられない」

城内の規律を率先して決め守る立場にあるだろうオスカーから意外な言葉を聞いて、マリカは目を瞬かせると同時に安堵した。

「よかった……私、食事の作法とか全然知らなくて――」

「覚えなくていいわけではない。俺はさほど気にしないが、客人には眉をひそめる者もいる。食事だけではない。挨拶や日常の振る舞いもだ」

「……はい」

でも、少しの間のことだし、一座に戻ったら必要のないことだもの……。

それに今はこうしてオスカーと食事のテーブルを囲んでいるけれど、来客との飲食にマリカが同席することはありえない。

食事が終わったと見て取って、マリカも両手を膝に戻したが、オスカーは顎をしゃくった。

「それは？　先ほどから視線が向いているようだったが」

クリームが載ったチョコレートトルテがひと切れ、果物と一緒に添えられていて、実は食卓を目にしたときから気になっていた。オスカーには見通されていたらしい。

菓子類は宴の振る舞いのときくらいしか食べることがなく、ある意味上等な肉料理よりも希少だ。白いふわふわのクリームなど、目にするのは何年ぶりだろう。

「……いただいていいですか？」

「もちろん」

マリカはそっと皿を引き寄せて、クリームをつけたトルテを頬張った。

「……美味しい……蕩《とろ》けそう」

本当にほっぺたが落ちそうだった。甘くてコクがあって、身体の隅々《すみずみ》まで痺《しび》れていくような気がする。ほんの数口ほどの少量だったが、驚くほどの満足感があった。

今度こそ食事を終えて、満足のため息をついたマリカは、はっとして我に返った。自分はオスカーの側仕えとして雇われたはずなのに、なにをしているのだろうと顔を上げると、こちらを見つめる緑色の双眸と目が合った。やはりきれいな色だと、日光を吸ってきらめく瞳に見惚《みと》れながら尋ねる。

「……あの――なにをしたらいいでしょう？」

「そうだな。これから執務室に顔を出すから、その間は好きに過ごしていればいい」

「え？　好きに過ごすって……」

マリカの眉が寄った。何度も思ったが、やはりおかしい。わずか数時間のことながら、マリカはまだなにひとつとして側仕えの役目を果たしていないと思う。

「なんだ、その顔は」

ふいにオスカーが視線を鋭くした。

「だって……側仕えをするために雇われたんでしょう？　部屋の掃除をするとか、靴を磨《みが》くとか――そもそもこのドレスだって」

「気に入らなかったか？」

「とんでもありません。こんなきれいなドレス、触るのも初めてです。けど……これでは動けないわ」

「だから、好きにしていればいい」

「そういうことではなくて――」

堂々巡りだ。話がかみ合わない。貴族の言葉はとかく持って回っていて、裏に込められた意味が取りにくいと聞くが、こんな単純な会話ですら通じないとは。

仲間内で喋っていて歯がゆい思いをしたことなど、一度もない。身分や生活環境が違うということは、これほど距離があるのだろうか。

「私を側仕えとして雇ってくれたんですよね？　具体的にどういった仕事をすればいいのか、教えてください。好きにしていいなんて、働くことになりません」

はっきりと口にしたが、オスカーは無表情にマリカを見るだけだ。いや、わずかに目を細めただろうか。いっそう視線が強くなったように感じて、マリカは警戒する。

「……側仕えなんて、本当に必要なんですか？」

「実際に身の回りの仕事をする手は間に合っているな。まだ席を立つな。話し中だろう」

オスカーは、マリカが腰を浮かしかけているのを見つけて制した。

「じゃあ、側仕えなんていらないじゃないですか」

マリカは椅子の背もたれに背中を押しつけるようにして、できるだけオスカーから距離を取る。やはり城で働かせるというのは口実で、狙いはマリカ自身なのだろうか。

伯爵にそこまでさせるほどの魅力が、自分にあるとは思っていない。せいぜいロマの中で異色の容姿をしているというくらいだ。銀髪も目や肌の色も、この国の貴族なら少なからずいるだろう。

中身は言うまでもない。正規の教育は一度も受けたことがなく、自分の名前を綴《つづ》るのがやっとだったし、そもそも読み書きが必要な生活でもなかった。踊りも歌や楽器も、真似て覚える。各国を渡り歩いているから、どこでも日常会話くらいは通じるが、正しい言葉づかいなのかどうかは微妙だ。

マリカのどこがオスカーの興味を引いたのか、正直なところさっぱりわからない。名門貴族の伯爵で若い美丈夫なのだから、貴婦人を相手にしても選《よ》り取《ど》り見取りなのではないかと思う。

オスカーはあっさりと頷《うなず》いた。

「そうだな。厳密には側仕えというのは当てはまらない」

ほら、やっぱり。

立ち上がったオスカーに、マリカは警戒を強めて、一瞬たりとも目を離すまいと椅子の上で身体を捻《ひね》る。そんなマリカを見て、オスカーは喉奥で笑った。

「面白いな、おまえは。そう……それがおまえを雇った理由だ」

面白い……？　そんなこと言われたのは初めてだわ。私は道化じゃなくて、踊り子なのに。

「あえて言うならおまえの仕事は、俺を機嫌よくさせておくことだ」

「……伯爵を？　機嫌よく……」

オスカーの言葉を繰り返してみるが、やはりよくわからない。

「そうむずかしいことでもないだろう。先ほどもドレスを踏んでよろけてみたり、ポットのふたを落としたりしていたではないか」

「……伯爵を楽しませようとしたわけじゃありません」

「当たり前だ。あざといことをされても、面白くもなんともない。ふつうにしていれば、それが俺には新鮮に映る。だから、好きにすればいいと言った。どうせ眺《なが》めるなら見た目がいいに越したことはないから、着飾らせている」

つまり、正しい作法や貴族の生活習慣を知らないマリカが、ときに突拍子もないことをしでかしたり、無知ゆえの行動をしたりするのを見て楽しむということだろうか。

……悪趣味だわ。

腹立たしく思うと同時に、そんな気晴らしのためにわざわざ人を雇うという酔狂《すいきょう》さに呆《あき》れた。大貴族の伯爵さまは、よほど暇と金を持て余しているらしい。

しかしマリカを笑いものにして楽しむくらいなら、そんな娘と遊びでも寝ようという気は、もうないのだろう。それだけでもほっとする。

同じ年ごろの娘たちが次々に相手と結ばれ、子を産む中で、十七のマリカはまだ恋すらしたことがない。口の悪い少年たちは「行き遅れ」と言うけれど、べつに焦ることでもないと思うのだ。ヴィートの台詞《せりふ》ではないが、縁があればいつかは相手に巡り合う。そしておそらくそのときには、どんな障害があろうと互いを求め合う——恋とはそういうものだと想像している。

とにかく、軽々しく誰かと寝たり、ましてや身体を売ったりするつもりはない。どんなに偉い相手だろうと、従うつもりもなかった。

数日が過ぎるうちに、オスカーの日課が呑《の》み込めてきた。

起きてすぐにコーヒーを二杯、それから自室で朝食を取る。

城には晩餐会用の大食堂の他に、城主一家のための食堂もあるのだが、オスカーは自分の居間ですべての食事を取る。どうしてなのか訊《き》いてみたところ、

「食堂を使えば、少なくとも三人の給仕が付くことになる。べつになにをするわけでもなく、ただ突っ立っているだけだ。俺はひとりで食べられない幼児ではないからな。そんなものは互いに不要で、時間の無駄だと思わないか。いっそ一緒に食事してしまえばいいものを、それはできないと言い張るから、部屋でひとりで食べる。合理的だろう」

とのことだった。合理的かどうかはともかく、もったいぶった貴族の暮らしに無駄が多いと思ってはいるらしい。それこそが高貴に生まれた醍醐味《だいごみ》のように思っている貴族も、またそんな暮らしに憧れを持って実行するブルジョアも多いのだろうに、オスカーは少々変わり者のようだ。

少々どころではないわね。面倒だとか堅苦しいとか言いながら、一方で私なんかをお金を払って雇うんだから。

朝食の後は着替えて、昼まで執務をする。それもオスカー曰く「サインをするだけ」なのだそうだ。実務的なことは担当の家臣が采配《さいはい》して、オスカーはそれに許可を与えるだけらしい。

日課は以上で、午後からはまったくの自由時間となる。今日までの間にオスカーがしたことは、遠乗り、銃の手入れ、仕立屋がやって来て仮縫い。遠乗りのときは留守番をしていたが、それ以外はマリカも横で見守っていた。初めてのことで興味深かったけれど、自分がついていなければならない意味がわからない。使用人が手持ちぶさたな時間を過ごすからと給仕を省くくらいなら、マリカのことも無駄だと思わないのだろうか。

夕食の後は部屋で酒を飲むオスカーと、とりとめのない話をした。王都やこれまでに回ってきた土地のことくらいしか共通の話題はなかったが、それすらも出向く場所が違うので、違うところの話をしているようだった。

あまり面白くなかったのか、昨夜はどこかへ出かけたようだ。侍女が言うには、盛り場へ行ったのだろうということだ。

「夜な夜なというくらい、遊び歩いていらっしゃるから。マリカが来て落ち着いたかと思ったけど、甘かったわ」

ということは、森で出会ったあの晩もそうだったのだろう。酔っ払いと諍《いさか》いでも起こした末のけがだったのか——領主の地位にありながら、呆れたものだ。

どうにも知れば知るほど軽薄な男に思えてきて、マリカは内心がっかりもしていた。こんな男が伯爵だなんて。しかし平和な世の中での貴族など、そういうものかもしれない。

「これから図書室に行く」

その日、執務室から戻ってきたオスカーがそう言ったので、マリカは訴えてみた。

「じゃあ、私はお庭を見に行きます」

オスカーの片眉が上がり、わずかに首が傾《かし》ぐ。

「図書室へ行くと言っただろう」

「ええ、ですからその間お庭へ。窓からバラが咲いているのが見えました。図書室に行っても、字が読めないのですることがありません」

オスカーは虚《きょ》を衝《つ》かれたような顔をした。彼にとって、字が読めない人間がいることは想像外だったらしい。

「……わかった。では庭へ行こう」

「え……？」

てっきりひとりで図書室へ行くか、マリカを無理やり同行させるものと思っていたので、マリカは戸惑《とまど》った。

「ついてこい」

大きな歩幅で歩き出したオスカーを、マリカはドレスの裾《すそ》をつまんで追いかける。今日のドレスは真っ白の綿ローンで、胸元と袖口に手編みのレースがふんだんにあしらわれている。カーラが数分悩んだ末に選んだサッシェは鮮やかな緑色で、マリカは密かにオスカーの瞳のようだと思った。

侍女たちもマリカの髪の扱いに慣れたのか、小さなリボンと髪留めを使って、滑り落ちないように結い上げてくれている。しかし帽子を被ったら崩れてしまいそうで、マリカはそのまま部屋を出た。そもそもこれまではターバンで頭を包むくらいで、帽子など被ったことがない。

オスカーは階段を通り過ぎて、マリカを振り返った。どことなく得意げな少年のような表情に、マリカは首を傾げて階段を指差す。

「こっちじゃないんですか？」

「秘密の通路を教えてやろう」

……秘密の通路？

ようやく迷わずに自分の部屋からオスカーのところまで行けるようになったのに、混乱させるようなことをしないでほしい。増築を重ねたらしいフェルザーシュタイン城は、ただでさえ入り組んでいて迷路のようなのだ。

しかし秘密の通路という言葉の響きに関心を引かれて、マリカはオスカーの後に続いた。

「ここだ」

ふいに立ち止まったオスカーが、壁にかかったタペストリーの裏側に手を差し入れる。すると壁だとばかり思っていたところが、小さな扉一枚分、音もなく向こうに開いた。

「まあ……」

思わず覗き込むと、細い階段が下へ続いている。どういう仕組みなのか自然光が差し込んでいて、ランプやろうそくがなくても通れる程度の明るさだ。

オスカーはマリカの手を取ると、階段を降り始めた。足元が見えない上に段差が大きく、頼りは繋いだ手だけだったが、ゆっくりとした足取りで誘導されたので、途中からは辺りを見回す余裕も出てきた。壁も階段も石造りで、隙間から光や風が洩《も》れ入ってきている。どうやら城の外壁と内側の壁との間に造られた通路のようだ。

「どこへ続いているんですか？」

「東の城壁に出る。かつて要塞だったころに、敵襲から逃れるために造られた抜け道だ。今も、ほとんどの使用人は知らないだろう」

「……そんなものを私に教えてしまっていいんですか？」

靴音の中に、忍び笑いが交じった。

「ここから逃げるか？　ひとりでは階段を転げ落ちるのが関の山だな」

「いざとなれば靴なんか脱ぐし、ドレスだって捲《まく》り上げます」

笑い声が大きくなった。

突き当たりに、木に鉄板を打ちつけた頑丈そうな扉があったが、取っ手がない。オスカーはなにか操作をして、それを開けた。

「わ……」

一気に真昼の光が差し込んでくる。薄暗がりに慣れた目には眩《まぶ》しくて、マリカは片手で顔を覆《おお》ったまま、オスカーに手を引かれて外に出た。

白く発光していた景色が、徐々に色彩を取り戻す。一面の緑だった。深い下生えには黄色と白の小花が混ざり、蔓草《つるくさ》をまとった樹木が枝を広げている。細く伸びた茎に揺れる薄紫の花は、マリカが初めて見るものだった。

「すごいわ……窓から見えた場所じゃなくて、こんなところにもお庭があったんですね」

「庭というか、かつての庭園だな。城門の反対側になるから、今はほとんど手入れもしていない」

言われてみれば、以前は噴水だったと思われる石組みの池には、睡蓮《すいれん》の葉が溢《あふ》れそうなほど茂っているだけだし、奥にある大理石の四阿《あずまや》も蔦《つた》が垂れ下がって埋もれかけている。

「でも、花は元気そうに咲いてるわ」

引き寄せられるようにマリカが足を踏み出すと、足もとからなにかが飛び出した。

「きゃっ……」

仰《の》け反《ぞ》ったマリカが倒れる前に、力強い手にしっかりと抱きとめられた。茶色の小さな生き物が下生えの中を突っ切って、木に駆け登る。

「リス!?」

目を瞠《みは》ると、木から数羽の小鳥が飛び立った。

「リスや小鳥の住処《すみか》だ」

思いがけず近くから聞こえた声に、自分がまだオスカーの腕の中にいることに気づいて、マリカは胸板を押し返した。

「は、放してっ」

「倒れるのを助けてやったというのに」

「それはありがとうございます。でも、もう平気です」

マリカは狼狽《うろた》えながら、滑り落ちそうになっていた髪留めをつけ直した。胸がどきどきしている。秘密の通路の階段を降りるときに摑まれた手も、今しがたの胸も、なんてしっかりとして力強いのだろう。

ちらりと盗み見ると、オスカーは睡蓮池を眺めていた。濃紺のテイルコートに生成りのトラウザーズと黒革の長靴という出で立ちが、均整が取れた体軀《たいく》を際立たせている。漆黒の髪はつややかに陽光を弾いて、風に揺れるたびにきらめくようだった。

こうして見ていると、やっぱり見惚《みと》れてしまうわ……。

誰が見てもオスカーの容姿は整っているのだから、見入ってしまうのも無理はないことだと思うのだが、最近は気づくと胸が高鳴っていて、そんな自分に戸惑ってしまう。

ふいにその目がマリカを捉《とら》え、近づいてくる。反射的に後ずさろうとしたが、下生えが靴に引っかかって手間取る間に追いつかれてしまった。

オスカーの手が伸びて、マリカは思いきり身を反らす。掴まれたところから身体が痺《しび》れていくような気がした。

「逃げるな。また転ぶぞ」

「きょ、今日はまだ転んでいません」

「だから逃げるなと言っているのに。もう少し日陰に入れ。帽子も被らずに外に出るなど、後で後悔するぞ」

日に焼けるというのだろうか。貴婦人ならばなにより気にするところだろうが、マリカには不要の気づかいだ。

「べつに焼けたって困りません。もともと黒くならないほうだし」

「だから言っている。おまえみたいな肌は、日差しを浴びただけで火傷《やけど》するようなものだ。ひどくなれば熱を出したりする」

その言葉には思い当るところがあって、マリカはしかたなく樹木の下へ移動しようとしたが、頭にふわりとした布が降ってきた。ごく薄い絹のそれは、辺りの景色を透かす。布越しにオスカーが含み笑っていた。

「なにもないよりはましだ」

布の正体は、オスカーの喉元を覆っていたクラヴァットだった。たっぷりと大きくて、マリカの胸元まで隠す。

「それを被っているなら、日向《ひなた》で歩き回ってもいい」

「……ありがとうございます」

いかにも女性の扱いに慣れた機転の利《き》かせ方だと、感心半分呆れ半分——加えてまた鼓動が走り出した。いったい自分はどうしてしまったのだろうと、マリカは目についた花を片端から摘《つ》み始める。

「あ……睡蓮」

睡蓮池の横を通りしなになにげなく目をやると、葉ばかりだと思っていた中に一輪だけ蕾《つぼみ》が綻《ほころ》んでいた。

「まだ咲いていないと思っていたが、そんなところにあったか」

「きれい……」

潔《いさぎよ》いほど白い花弁《かべん》の中心だけが、ほんのりと頬《ほお》を染めたように色づいている。マリカは池に乗り出すようにして片手を伸ばしたが、もう少しのところで届かない。

「落ちるぞ」

背後から声がしたかと思うと、マリカは腰を掴まれて水際から引き離され、代わりにオスカーが難なく睡蓮の花を摘み取った。手のひらに載せられたそれに、マリカは笑みを浮かべてオスカーを見上げる。

薄い紗《しゃ》のような布越しでも、緑色の瞳は鮮やかだった。見惚れていたマリカの唇にクラヴアットの布が、いや、布の上からオスカーの指が触れた。指の腹がゆっくりと、唇を端から端へと撫《な》でる。

……な、に……？

艶《つや》めいたしぐさにどきりとして身を強張《こわば》らせたマリカから、指が素早く離れたかと思うと、オスカーは背を向けた。

一瞬、ほんの一瞬だったが、失望にも似た感覚がマリカを襲う。そんなふうに感じたことに狼狽えて、自分に言い聞かせた。

なにをがっかりすることがあるの。おかしいわ。ほっとするならまだしも……。

そもそも今の行為はなんだったのだろう。意味ありげではあったが、果たしてマリカが思ったような性的なものだったのかどうか。いきなりマリカを寝所に連れ込もうとしたオスカーなのだから、なにかしようと思えばさっさと行動に移すに違いない。

それに私は、気晴らしに雇われたようなものだもの。もう、どうこうしようという気はないはずよ。

その証拠に、マリカが城に入って一週間が経つが、オスカーは手を出してこない。

「もう花は摘んだだろう。戻るぞ」

呼ばれてマリカは、両手に抱えた花を揺らしながらオスカーを追いかけた。

数日後、執務中のオスカーを待ちながら、マリカはチェスボードを睨《にら》んでいた。昨夜ルールを教えてもらい、その面白さにのめり込んでしまった。昨夜はゲームの途中でお開きとなり、朝食後に再開して数手を打ったのだが、次の手に悩んでいるうちに、オスカーは部屋を出て行ってしまった。

「ポーンをこっち……ああ、だめだわ」

マリカ自身でも返す手が読めるのだから、オスカーならもっとうまい手が打てるだろう。勝てるなんて思ってはいないけれど、あまりにもあっさりと負けるのは悔しい。

眺《なが》める場所を変えたら違うものが見えてくるかもしれないと、オスカーが座っていた椅子に移動してみる。

じゃあ、ナイトをこっちに――。

「マリカったら、聞こえないの？」

ふいにボードの横に手が置かれて、マリカは小さく声を上げた。見ると侍女がふたり、呆れ顔でため息をついている。

「あ……びっくりした。なに？」

「なにじゃないわよ。早く、支度しなきゃ」

「支度って……」

そこにカーラが薔薇《ばら》色のドレスを抱えてやってきた。マリカに向けて、それを自慢げに広げてみせる。

「どうだい、このドレス！」

「ええ、とてもきれい……だけど」

すでに今日の着替えは済ませている。貴婦人は用途に合わせて一日に何度も着替えるそうだが、マリカはその必要がないし、毎朝一時間近くかけて身支度をするだけで充分だ。それよりも今は、チェスの手のことで頭がいっぱいだ。

「張り合いがないねえ。パリから取り寄せた上等のシルクタフタだよ。どこのお姫さまだって、なかなか着られやしない」

「さ、早く着替えて。ああ、今日は先に髪を結ったほうがいいわね。ベルタ、髪飾りはどこ？」

「こっちよ。首飾りや耳飾りも」

「初の夜会だから、思いきりめかしこまないと」

三人に取り囲まれ、あれよあれよという間に着ているドレスを脱がされたマリカは、夜会という言葉に驚く。

「なんですって？　ちょっと待って！　どうして私が……行けるわけないじゃない」

「たしかにね。貴族でもないあんたが行けるはずもない場所だけど、旦那さまが連れていくとおっしゃるんだから、支度するしかないじゃないか」

「伯爵が？」

なにを考えているのだろう。マリカをそばに置いておくのも酔狂《すいきょう》だが、それでも自分の城でのことで、誰にも咎《とが》められることはない。

しかし夜会となれば、貴族の公の場ではないのか。オスカーのわがままが通じる場所ではないはずだ。

「そんな……無理よ……」

マリカはまともな礼儀作法も知らない。おかしなことをして笑われたり、眉をひそめられたりするのが目に見えている。もしかしてオスカーは、そうやってマリカを道化にして楽しむつもりなのだろうか。

「そう言われても旦那さまのお言いつけだから、あたしたちは従うしかないもの。ほら、真っ直ぐ前を見てて」

侍女はマリカの髪を高い位置でひとまとめにすると、ひと房ずつ鏝《こて》で癖をつけていく。いくつもの巻き毛が項《うなじ》から胸元へ流れ落ちて、慣れない感触にマリカの戸惑いに拍車がかかった。

コルセットを締め直されて、薔薇色のドレスを着せられる。いつもよりも襟《えり》ぐりが広く開いていて、胸の膨《ふく》らみが半分くらい見えそうだ。襟周りには大きく襞《ひだ》を寄せてバラの花を形作ったシフォンが、真珠で縫い止められている。胸元の銀糸の刺繍と、腰の後ろの房飾りが動くたびにきらめいた。

髪には精巧に作られたチュールのバラと、驚くほど大きなルビーを埋め込んだ櫛《くし》が飾られ、耳と首にもマリカにはなんだかわからない宝石がつけられる。

「さあ、できた。だいじょうぶ、黙ってりゃどこのご令嬢かと思われるよ」

――カーラはそう太鼓判を押したものの、マリカは気が気ではなかった。

夜会の場所はフェルザーシュタイン伯爵領からほど近い、ヘルツェンバイン王国第二の都市であるベーレンリンクの劇場だった。貴族とブルジョア階級が半々といった顔ぶれらしいが、マリカには区別がつかない。そもそも周りを気にする余裕もなかった。

馬車に乗っている間、マリカがなにを言ってもオスカーはにやにやするだけで、「どれだけの奴らが騙《だま》されるか見ものではないか」と嘯《うそぶ》いた。少なくともマリカを笑いものにする気ではないとわかったが、どこかの令嬢のふりを通させるつもりなら、それはそれで緊張を強《し》いられる。

唯一約束させられたのは、オスカーを「伯爵」ではなく名前で呼ぶことだった。

「遠縁の娘としておくからな。ついでに今後もそう呼んでいい。ところで、俺の名前を知っているんだろうな？」

「も、もちろんです。オスカーさま、でしょう」

オスカーは満足げに頷《うなず》いたが、直前で指示されたマリカは気が気ではなかった。

馬車を降りて、夜の街に燦然《さんぜん》と明かりを点してそびえ立つ劇場を目にしたときは、きついコルセットのせいだけでなく息が詰まりそうになったが、オスカーはかつてないほどに恭《うやうや》しくマリカの手を取り、優雅な足取りで入口へと向かった。

漆黒のテイルコートとトラウザーズに、白いシャツとウエストコート、クラヴァットにだけ銀色をあしらった姿が、たちまち周囲の目を引くのが、マリカにもわかる。ことに若い女性の視線が集中して、続いてマリカへと流れ、目つきが険しくなる。

わかってるわよ。どうして私なんかを連れているのかって言いたいんでしょ。

マリカだって、できるものなら替わってほしい。こんなところに来たいなんて、少しも思っていなかったのだから。

「これはこれは、フェルザーシュタイン伯爵」

でっぷりとした中年の男が、転がるように近づいてくる。

「やあ、市長。盛況のようだ」

「伯爵がいらしてくださったので、一気に華やいだのですよ。ところで、こちらのお姫さまは？」

市長と呼ばれた男はぎょろりとした目をマリカに移し、愛想笑《あいそ》いを浮かべた。

「遠縁の娘だ。田舎から出てきて、ぜひ都会の集まりに出たいと言うのでな」

「鄙《ひな》にこそ美しい花が咲くとは、よく言ったものですな。お嬢さま、どうぞ楽しんでいってください」

滑稽《こっけい》なほど念の入った礼を取る市長に、マリカは強張った笑みを返した。横でオスカーがこっそり笑っているのに気づくが、それどころではない。

場内を奥へと進む間、オスカーは満足げに囁《ささや》いた。

「容易《たやす》いものだな。女優になれる」

「……冗談じゃありません。膝ががくがくして、今にも転びそう」

「しっかり掴んでいるから、いざというときにはしがみつけ」

そういえばオスカーは、ずっとマリカの手を取り続けている。立ち止まっているときも、さりげなく肘《ひじ》を掴まらせてくれていた。

「それより少しは楽しめ。本来ならなかなかできない体験だろう」

マリカが望んで来たわけではないと思いながらも、劇場内を見渡す。というよりも、先ほどから暴力的なまでの迫力で目に飛び込んできて、頭の中で消化しきれない状態だ。バロック建築というのか、パリで目にした宮殿や劇場のようにこれでもかと装飾がなされ、ほとんど彫刻といっていいような柱がドーム状の天井を支えている。そこから何基もの巨大なシャンデリアが吊り下がって、極彩色の天井画を浮かび上がらせていた。

ふだんは椅子を並べて客席としているのだろう空間は中央を広く空けてあり、何組もの着飾った男女がダンスに興じている。色とりどりのドレスが動きに合わせて翻《ひるがえ》り、まるで風に揺れる花のようだ。

それを取り囲む多くの客は、優美な曲線を描く椅子に座って、あるいは立ったまま、飲食しながらさざめくように会話を楽しんでいる。洩れ聞こえてくるのは互いの衣装を褒め合うものだったり、どこかの誰かの噂話だったり、金儲けの話だったり、艶《つや》めいた駆け引きだったりとさまざまだ。

壁際の大きなテーブルに溢《あふ》れんばかりに並んだ軽食も、やたらと派手派手しく盛りつけられている。食べられない花や飾り物のほうが多いくらいだが、おそらく空腹を満たすための料理ではないからだろう。

……たしかにこんなところは初めてだわ。

豪奢《ごうしゃ》で華やかで賑《にぎ》やかで——すべてが眩《まぶ》しいくらいだが、つまるところ意味のない虚飾《きょしょく》の掻き集めなのではないかと、マリカは思ってしまう。上流階級の社交とはこういうものだと言われれば、それまでではあるが。

「まあ、オスカー」

「お久しぶりね」

羽飾りを揺らして近づいてきたのは、二十歳前くらいの女性ふたりだった。どちらも目鼻立ちの整った貴婦人で、豪華なドレスと宝飾品で飾り立てている。

「やあ、コンスタンツェ、レオノーラ。今夜も美しい」

視線が合ったように思ったのでマリカは礼を取るが、コンスタンツェとレオノーラはすぐに左右からオスカーを挟むようにして話し込んだ。マリカはいないものとして扱われているらしい。

「あなたに会えるかもしれないと思って、おしゃれしてきたのよ」

「今日こそ踊ってくれるでしょう？」

オスカーはちらりとマリカを見たが、ふたりに微笑《ほほえ》みを返した。

「きみたちならいくらでも相手がいるだろう。そら、向こうで列を作って順番待ちしているのではないか？」

「そんなことを言って、ごまかそうとしてもだめよ」

らちが明かないやり取りを続けるうちに、ぞろぞろと女性たちが集まってきた。その中のひとりにマリカは押しやられて、オスカーを中心とした輪から弾き出される。それこそオスカーと話したり踊ったりするための順番待ちを眺《なが》めながら、マリカは隅《すみ》の椅子に腰を下ろした。

城の中では特別にこやかでもないオスカーだが、微笑みの大安売りで貴婦人たちに接している。ひとりひとりにちゃんと違った褒め言葉をかけているのは、感心するほどだ。

こんなふうに夜な夜な遊び歩いていたなら、私とチェスなんかして過ごすのは退屈なのも無理はないわね。

軽い気持ちで教えたものの、マリカが妙に熱中してしまったから、今夜も相手をするのが面倒で、夜会に連れ出すことにしたのだろう。

しかしそれならどうしてマリカに固執《こしつ》して、城に留め置いたりしているのだろうと疑問が湧くが、しょせんは貴族の気まぐれと思うしかない。根本的に別世界の住人なのだから、考えてもわかるはずがないのだ。

「なにか飲むか？」

しばらくして貴婦人の輪から抜け出てきたオスカーがそばに立ったが、その後ろでは何人もの女性が目をつり上げて、マリカを睨んでいる。

「いいえ。どうぞ私にかまわず、踊ってきてください」

女性たちに気を遣って答えたのだが、オスカーは緑色の目を眇《すが》めた。しかしマリカの言葉を聞きつけたコンスタンツェが、オスカーに腕を絡ませる。

「ほら、田舎者のお姫さまもそう言っているじゃない。行きましょう、私が一番よ」

「ずるいわ、コンスタンツェ。私はふた月ぶりにお会いしたのよ」

貴婦人たちに囲まれて引っ張られながらも、視線をマリカに残していたオスカーだったが、それもやがて見えなくなった。マリカが座る場所からは、人々の隙間《すきま》からときどき踊る人影が横切るのが見えるくらいだ。

なんとなく気落ちした気分を払うようにかぶりを振ったマリカは、典雅な調べが流れていることに、今さら気づいた。

そういえば、音楽はどこから……？

音源を辿《たど》るように見回すと、場内を囲む階段状になった客席のさらに上部に張り出したバルコニーがあり、そこで十人ほどの弦楽団が楽器を手にしていた。三拍子のゆったりとした曲調は、ロマの軽快な音楽に慣れたマリカには新鮮で、これはこれで悪くないと思う。無意識に指先で拍子を取っていると、目の前に黄金色で満たされたグラスが差し出された。

「貴腐《きふ》ワインはいかがですか？」

グラスを持つ指先から腕を辿っていくと、二十代前半くらいの金髪の貴公子が微笑んでいた。目が覚めるような真っ青な瞳をしている。

「……あ……いえ……」

「いきなり失礼しました。ファインハルス子爵の二男で、アレクシス・エグモントと言います」

貴公子――アレクシスはマリカにグラスを押しつけると、優雅な手つきで礼をした。しかし名乗っていいものかどうか迷ったマリカは、小さく頷《うなず》くにとどめる。

「フェルザーシュタイン伯爵といらしたんでしょう？」

「……はい」

思わず踊りの輪の方向に目を向けるが、オスカーらしき姿は見つからなくて、マリカは焦《あせ》り始めた。

「人気者ですね、伯爵は」

「まあ……そうかもしれません」

「彼が来ると夜会は賑わうのですが、貴婦人方が集中してしまって、ぼくたちは暇《ひま》を持て余す……壁の花ですよ。あ、男には使わない言葉かな」

ははは と笑うアレクシスに、マリカも愛想程度の笑みを返した。

困ったわ……挨拶は済んだんだから、どこかへ行ってくれないかしら。

「ワインは嫌いですか？」

「え？ あ、ええ、お酒に弱くて……」

アレクシスは怪訝《けげん》そうな顔をした。この国ではワインは食事につきもので、正餐《せいさん》に出席できる年ごろになれば誰もが水のように飲む。

「では、コーヒーでも――」

「いいえ、どうぞおかまいなく」

「それでは――」

いきなりアレクシスの手が差し出された。

「踊っていただけませんか」

マリカは思わずその手を凝視した。なにが「それでは」なのだろう。脈絡がおかしくないだろうか。

いいえ、そんなことより……ダンスって……。

一座では踊り子として舞台に立つマリカだが、この夜会で行われているようなダンスは踊ったことがない。それどころか、まともに見るのも初めてだ。

ロマの踊りは基本的に単独で、複数で踊るときもときどき手を繋いで横に並ぶ形になるくらいだった。ステップくらいは見様見真似でできるかもしれないが、異性と向き合って型を組んだりしたら、ぶつかるか相手の足を踏むに違いない。さらにダンスだけでなく、それに伴う挨拶や作法がきっとあるはずだ。

どうすればいいの？　なんて言って断れば……。

「お嬢さん……？」

アレクシスの手を押し返そうとして上げた手が、ふいに横から掴まれた。そのまま強く引っ張られて、マリカは椅子から立ち上がる。

「帰るぞ」

オスカーだった。いつの間に戻ってきたのだろう。曲も終わっていないし、ダンスの相手を放り出してきたのだろうか。

「え……あの、でも——」

「フェルザーシュタイン伯爵、たった今、彼女にダンスを申し込んだところで——」

「あいにくだがアレクシス、彼女は足を痛めている。今夜は踊れないよ」

なるほど、そういう言いわけをすればよかったのかと思いながらも、見るからに気落ちした表情のアレクシスに申しわけなくなる。

「ごめんなさい、アレクシスさま」

「あ……いや、ぼくのほうこそ、知らずに強引なことをしてしまって……では、次の機会に——そうだ、お名前を——」

「さあ、帰ろう」

アレクシスとの間に割って入ったオスカーは、マリカの手を取って歩き出した。そのころになって女性たちが近づいてきて、口々にオスカーを呼んだが、返事の代わりとも追い払うともつかない身振りをしただけで、劇場ロビーへと向かう。

「まだダンスのお相手が残ってるんじゃありませんか？」

マリカはそう囁いたが、緑色の双眸《そうぼう》に睥睨《へいげい》されて口を噤《つぐ》んだ。オスカーの機嫌を損ねるのは本意ではない。彼を楽しませるのが自分の役目だからというだけでなく、なぜか——単純に嫌だった。

馬車に乗り込んでからもしばらくは無言で仏頂面だったオスカーだが、街の明かりが遠くなった辺りでマリカを睨んだ。

「俺が止めなかったら、踊るつもりだったのか」

「え……？」

「なにを考えているんだ」

マリカがアレクシスと踊って、ダンスも作法も知らないどころか、あの場にふさわしくない娘だとばれてしまうことを懸念《けねん》したのだろう。そうなったら、フェルザーシュタイン家の名に傷がつく。

「心配しなくても、伯爵の――オスカーさまの迷惑になるようなことはしません」

「迷惑？　なにを言って――」

「そちらこそお嬢さま方を放り出して、紳士の振る舞いとも思えませんが」

「相手をしたかったわけではない。無理やり引っ張られただけだ。今夜はおまえを連れているのだから、目を離せるわけがないだろう」

「そうでしょうか？　まんざらでもないように見えましたけど」

オスカーはなにか言い返そうとしたようだが、ため息をついて窓の外を向いた。

雇い主であるオスカーに向けて、ずけずけと反論してしまったことに、マリカは今さら気づく。先ほどオスカーを怒らせたくないと思ったばかりなのに。

だって……オスカーさまもどうかと思うわ。私に当たるならともかく、アレクシスさまやご令嬢たちに失礼だったじゃないの。

そもそもオスカーに叱責を受けても、マリカは黙って頷いておけばよかったのだ。というよりも、それ以外の態度が許される立場ではない。

ああ、もう……こんなことなら、夜会なんて来なければよかった。私なんかが行くようなところじゃなかったのよ。

きらびやかさに目を奪われ、華やかな世界にときめきもしたけれど、結果的にオスカーを不機嫌にしてしまっては意味がない。

気まずい、というよりもなんだか悲しい。せつない。どうしてこんなことになってしまったのだろう。分不相応な場所に行ったせいで、気持ちが不安定になっていたのだろうか。だからオスカーに言い返すようなことをしてしまった？

宝石を連ねた首飾りが急に重く感じられて、マリカは俯《うつむ》いた。

「もう夜会にはご一緒しません」

そう宣言したマリカに、オスカーは特になにも言わず頷いたから、内心ほっとしていたのだが、数日後にまたカーラたちの手で着飾らされた。

「そう膨《ふく》れるな。俺もあまり気乗りがしないが、つきあいで断るわけにもいかない」

オスカーの表情からしてその言葉は本心のようで、貴族の社交も厄介なものらしいと知る。

しかしだからといって夜会は勘弁してほしい。場違いなところでおかしな振る舞いをしないかと緊張を強いられるのも嫌だったし、それが原因でオスカーとぎくしゃくしたことになるのも避けたかった。

「でも、私はもう――」

「夜会ではない。音楽会だ」

「音楽会……？」

馬車が到着したのは、先日の夜会と同じくベーレンリンクの劇場だったが、今夜は椅子がずらりと並んでいて、正面の舞台にはオーケストラが揃《そろ》っていた。

オスカーとマリカが通されたのは、舞台と向かい合う二階のボックス席で、柱と壁で仕切られた個室になっている。

「他は誰も来ない。視線はあるだろうが、気楽にしていていい」

演奏が始まるまでは、客席から振り返ってオスカーに合図を送る人や、同伴者のマリカを見つけて囁き合っている女性たちが目についたが、場内の明かりが落ちるとそれも気にならなくなった。なにより演奏に意識が奪われた。

見たことのない楽器を含め、何十人もが一斉に奏でる楽曲は、音量といい曲調といい迫力に圧倒される。身体にびりびりと響いてきて、息が詰まりそうになる一方で、ひどく心地よくもあった。

そうかと思うとヴァイオリンの独奏が始まり、悲哀に満ちた音色が心に染みてうっとりとする。再びいくつもの楽器が重なって演奏され始めると、心が躍《おど》った。

最後に指揮者がタクトを振り上げて止め、一瞬の水を打ったような静けさの後で客席から拍手が沸《わ》き起こると、マリカも立ち上がって手を叩いていた。

「そんなに乗り出すな」

「素晴らしかったわ！　そう思いませんか？」

興奮冷めやらないまま振り返ると、オスカーは満足そうな笑みを浮かべていた。つきあいだからしかたがないなどと言っていたが、きっとオスカーも楽しんだのだろう。

「長すぎる。一曲聴けば充分だ」

「そんなことありません。あのラッパだけの演奏はないんですか？　一度に鳴らしたら、きっとびっくりするような音になるわ」

「気に入ったならなによりだ。では、次はオペラを見に来るか」

「オペラ？」

「オーケストラと歌と劇が一緒になったものだ」

頭の中で想像してみるが、よくわからない。しかし面白そうで興味が湧く。

後日、オペラ鑑賞に出向いたマリカは、その多彩な出し物に夢中になった。想いを込めたオペラ歌手の歌声に涙し、合唱に総毛立ち、群舞に合わせて手を叩き、幕が下りたときには自分まで出演したかのようにぐったりと疲れてしまった。

それからも音楽会とオペラには連れて行ってもらったが、夜会や舞踏会はあれきりだ。マリカにとってはありがたいことだが、どうもオスカーも出かけていない様子なのが気にかかる。執務中以外のオスカーにマリカが取り残されるのは、遠乗りに行くときくらいになっていた。

「お出かけにならないんですか？」

招待状はひっきりなしに届いているのに、今もオスカーは一瞥《いちべつ》しただけでテーブルに放り出してしまった。

「なんだか最近は気乗りがしない。音楽会やオペラで充分だ」

そういえば、夜会に限らず夜のひとり歩きがなくなったらしい。マリカが相手をしているからだとグンターが喜んでいたが、そういうわけではないと思う。

もしかしたら、私をオペラや音楽会に連れて行って、疲れているのかしら？

「あの――」

マリカはグラスにワインを注《つ》ぎ足してから、オスカーの横に座った。

「オペラや音楽会でしたら、もう連れて行ってもらわなくてもけっこうです」

とたんにオスカーの片眉が吊り上ったのを見て、慌《あわ》てて言葉を付け足す。

「いえ、あの、たくさん見せてもらったし、もう頭がいっぱいで……それを思い出すだけでも充分楽しいので……」

「思い出す？　ほう、一度聴いただけで憶《おぼ》えているのか？」

まさかそんなはずはないと言いたげなので、マリカはついむきになって言い返した。

「憶えてますよ。曲名はわからないけれど……」

特に気に入っていたソプラノ歌手のアリアをひと節口ずさむと、オスカーは興味を引かれたように身を乗り出して続きを促す。

「それから？」

「えっと……」

マリカが歌い出すと、オスカーはふっと笑った。

「それは別のオペラの歌だ。そこのケースを持ってきてくれ」

マホガニーの飾り棚の上に楽器ケースが置いてあるのは以前から知っていたが、オスカーが開けたところは見たことがなかったから、ただ置いてあるだけなのだろうと思っていた。

しかし運ばせるということは、もしかして演奏するのだろうか。

マリカはにわかに期待を膨らませて、楽器ケースを手にする。この大きさならきっとヴァイオリンだ。

オスカーはケースを受け取ってテーブルに置くと、ふたを開けた。飴色《あめいろ》のつやを放つ優美な楽器は、一座で目にするものよりも繊細《せんさい》な彫刻《ちょうこく》が施されている。

「おまえが最初に歌ったのは――」

オスカーはそう言いながら手早く調弦を済ませると、ヴァイオリンを無造作に構える。その姿はため息が出そうなくらいさまになっていて、見惚《みと》れたマリカの耳に、記憶にある調べが流れ込んできた。

……そう！　そうよ、この曲。

初めて見たオペラで、主役のソプラノ歌手が歌っていた。恋人を慕《した》って切々と訴えるような歌声に、マリカも胸を締めつけられるような気持ちになったものだ。

そのときの感動が蘇《よみがえ》るとともに、オスカーの思いがけない演奏技術に胸が高鳴る。

素晴らしいわ……なんてすてきなの。

しかしヴァイオリンを奏でながらマリカに視線を向けたオスカーは、ふいに手を止めた。どうしたのかと訝《いぶか》るマリカに、オスカーもまた怪訝《けげん》そうな顔をする。

「なぜ泣く？」

「え……？　あ……」

まったく自覚はなかったが、頬に手をやるとたしかに濡《ぬ》れていた。

「やだ、ほんとだわ。ちょっとびっくりして……」

自分で思った以上に感動したのだろうかと涙を拭《ぬぐ》っていると、オスカーは微妙な表情でヴァイオリンをしまおうとする。

「え？　もっと聴かせてください！」

「泣いたくせになにを言う」

「聞き惚《ほ》れていたからです。こんなにヴァイオリンが上手だなんて、知らなかったわ」

「これを生業《なりわい》にしている者たちが仲間だろうに。俺のは単なる教養だ」

「でも私は好きです、オスカーさまのヴァイオリン」

それは本心だった。たしかにロマの音楽なら、ヴィートら一座の者の演奏が素晴らしく、勝手に身体が動くほどだが、こういう落ち着いた叙情《じょじょう》的な曲もいい。ことにオスカーの音色は、楽器が歌っているように聞こえる。歌詞がなくても、込められた意味が伝わってくる気がするのだ。

「……口が巧《うま》くなったな」

オスカーはふいと顔を逸《そ》らしたが、再びヴァイオリンを構えて奏で始めた。

あら……？　もしかして、照れてる？

べつにマリカはおべっかを使ったつもりもなく、思ったままを言ったまでだ。しかし思いがけないオスカーの反応が新鮮で、また微笑ましくもあった。

オスカーが弾きだしたのは、マリカが間違えて歌った曲だった。たちまち聞き入ってしまい、オペラの場面を思い出しながら音色に酔った。

最後まで聴き終えて拍手をすると、オスカーは微笑むのをこらえるように唇を引き結んでいる。

「次はあれ！　えっと――」

マリカが口ずさんではオスカーがヴァイオリンを弾くというふたりきりの音楽会は、ことのほか楽しいものだった。

またオスカーは、オペラに興味を持ったマリカに、原作の本を読み聞かせてくれもした。きれいな発音の低い声で紡《つむ》がれる物語は、劇的な内容と相まってマリカを夢中にさせ、初めはテーブルを挟んで向かい合って聞いていたものが、いつしかオスカーの隣に移動して、その手元を覗き込んでいた。

オペラ原作ばかりでなく他の話も三冊、四冊と読んでもらううちに、マリカは自分が文字を理解するようになっていたことに気づいた。

「もしかして、読めるようになったのか？　俺が読むより先に、話の筋がわかっているようではないか」

オスカーも気づいたようだが、マリカはそんなことはないとかぶりを振った。オスカーの声で聞く物語がいい。彼の声を聞きながら情景を想像するのが楽しい。

――そんなふうにして、ふたりの夜は過ぎていった。

◆　◆

「驚くほど模範《もはん》的になられましたな」

　午前中の執務を終えて自室へと戻る途中、後をついてくるグンターが満足げに相好《そうごう》を崩した。

　毎晩のようにマリカと楽器を演奏したり、本を読んだりして過ごしていることが、この家令には喜ばしいらしい。オスカーが城を抜け出すようにして夜の街に単身繰り出すたびに、帰城するまで気を揉んでいたようだから、枕を高くして休めることが嬉しいのだろう。

「あとは奥方をお迎えくだされば、ひと安心なのですが」

「そうそう思いどおりにいくものか。あれこれ気にしていたほうが、おまえも老け込まずに済むだろう」

　夜会にしても盛り場巡りにしても、べつに打ち止めにしたつもりもない。たまたま今はその気にならず、出かけずに過ごしているだけだ。城にいればマリカがそばについているから、乞《こ》われて楽器を弾いたり本を読んだりしているにすぎない。

森の女捜しが目的の遠乗りは依然《いぜん》として続けていたが、その頻度《ひんど》も多少落ちてきているだろうか。

正直なところ、オスカー自身もこの生活に驚いている。二十七にもなって、こんな色気のない日々を過ごすことになるとは。これまでの放蕩《ほうとう》ぶりを知っている連中が見たら、大笑いすることだろう。

しかし、不思議と改めようという気にはならなかった。

ひとつには、マリカが目に見えてさまざまなことを吸収していく様子が興味深い。ロマの娘は初めこそその美しさだけが取り柄だったが、言葉づかいも礼儀作法もそれなりに整って、貴族の家の使用人程度にはなっている。

特に、字が読めるようになったらしいことには驚いた。今ではこっそり部屋に戻ると、本を開いて読み耽《ふけ》っている姿に出くわす。本人が読めないと言い張るので、そういうことにしてあるが、乾いた土に水が染み込んでいくかのような習得の速さは、マリカ自身が持った勘のよさ、あるいは秘められた能力の高さなのだろう。

それを目の当《ま》たりにすると、新たなことを教えるのが楽しい。目を輝かせて熱中するところも微笑ましく、真剣な表情などしていると頑張って習得してはしいと、内心応援してしまう。

　マリカに知らないものを見せて驚かせるのも、興味津々《きょうみしんしん》かつおっかなびっくりでそれを扱うのを見るのも楽しい。しかし決して持てる立場をひけらかしたいとか、彼女の無知を揶揄《からか》ったり嘲《あざけ》ったりという気持ちではない。

　素直な感情を表すマリカを可愛《かわい》らしく思い——、ときに見惚《みと》れていた。

「そうそう、例のものが届きましてございます」

「そうか」

　注文させておいたものが手に入ったという報告に、オスカーは胸が弾むのを感じた。品物ではなく、それに対するマリカの反応が楽しみだ。午後の予定は決まった。

「お部屋のほうに設置してございます」

　そう言ってグンターが開けた居室の扉に入っていくと、マリカが長椅子に座っていた。テーブルに置かれた木製の箱を、矯《た》めつ眇《すが》めつしている。

「あ、おかえりなさい」

「なんだかわかるか？」

　顎《あご》で箱を示すと、マリカはかぶりを振った。

「開けてみなかったのか？」

「オスカーさまが戻るのを待っていました。壊してしまったら大変だし、説明してもらいながらのほうがいいでしょう？」

それでもマリカは待ちきれないというように立ち上がって、オスカーを迎えた。並んで長椅子に座り、オスカーは箱の上蓋を開く。ふたの裏側には飛び交う天使と花が描かれていて、マリカはそれを「きれい」と見つめた後、本体部分に視線を移して首を傾《かし》げた。

「……なんですか？　これ」

「オルゴールだ」

「オルゴール……」

確かめるように繰り返すが、まったく正体が掴めないようだ。

「音楽を奏でる」

「えっ、楽器ですか？」

「いや、機械だな」

眉間《みけん》にしわを寄せて考え込んでいるのがおかしくて、オスカーは操作を始めた。

「この——円盤を載せて回転させ、そこにこの棒を置くと——」

金属的な調べが流れ出して、マリカが息を呑《の》んだ。曲はマリカのお気に入りのオペラのアリアで、すぐに気がついたらしく、花開くような笑顔を見せる。

「まあっ……すごい！　すごいわ！　でも、どうして？　どうやって音が出るんですか？」

「櫛《くし》のような金属があっただろう。歯の一本一本が違う音程を持ち、円盤の突起《とっき》がそれを弾いて音が響く」

あえて簡潔に説明したところ、マリカはしばらくじっと眺めていたが、納得したように頷いた。

「ああ、そういう仕組みですか。じゃあ円盤の突起の位置を変えれば、他の曲も流せるということですね？」

期待したとおりのマリカの理解力を嬉しく思いながら、オスカーはいくつか重なった薄い箱から、別の円盤を取り出した。

「そういうことだ。次はこれをかけてみようか」

「待って！　最後まで聴かせてください」

マリカは耳を澄ますように目を閉じて、オルゴールの音色に聞き入った。わずかに頭を揺らしながら、薔薇色の唇に笑みを浮かべている。

「オーケストラのような迫力はないが」

「でも、これも可愛らしい音だわ。それにひとつの楽器では出せないところまで、ちゃんと演奏してるじゃないですか。すごい」

一曲聴き終えて、ようやくマリカは別の円盤に興味を示した。オスカーは操作の仕方を教えながら、新しい円盤をかける。

「……あ、ワルツですね」

ダンス曲だと気づいたらしく、指先で拍子を取っている。

「ロマの曲とはいかないが、踊ってみるか？」

「え……？　でも……」

戸惑《とまど》うマリカの手を取って、オスカーは立ち上がった。細い腰に腕を回し、その身体を抱き寄せる。

「最初はついてくるだけでいい」

オルゴールの調べに合わせてステップを踏むと、マリカは小さく声を上げた。

「えっ？　ま、待って……きゃ……」

狼狽《うろた》えているようだが、オスカーもまた内心驚いていた。

……軽い。羽根のようだ。

ワルツのステップなど知らないはずなのに、オスカーが踏み込んでも後退しても、腕の中のマリカはわずかの抵抗もなく、合せて動く。薄紫のドレスがふわふわと揺れるが、まるで本当にドレスだけを持って踊っているのではないか思うほどだ。

「さすがだな。踊りの素養があるだけのことはある。ワルツはそうむずかしくない。基本は同じ方向に足を動かして進めばいい」

「え……？　え？　でも、急に回ったり——あっ……」

あまりにも自由に動けるものだから、つい勢いよくターンしてしまい、実際にマリカは宙に浮いた。体重はすべてオスカーが支えているはずだが、やはり信じられないほどの軽さで、一瞬、そのまま飛び立ってしまうのではないかと思う。

「——……っ……」

気がつけば、華奢《きやしや》な身体をしっかりと抱きしめていた。胸の鼓動が伝わってきて、たしかに実体を持っているのだと感じる。

「……く、苦しい……」

呻《うめ》いたマリカに、オスカーははっとして腕の力を緩めた。

……なにをばかなことを……。

自分の想像を滑稽に思いながらも、決して逃がすものかとどこかで必死にもなっていた。

淡い灰色の瞳が、オスカーを軽く睨《にら》む。

「転ばないように助けてくれたのは感謝しますけど、もう少し手加減してください。骨が折れそう」

「あ……ああ……」

オスカーは思わず手を離そうとしたが、ほんのりと頬を染めたマリカが肩に手を伸ばしてきて、胸の中に納まった。

「教えてください、ワルツ——」

初夏の日差しが照りつける中を、オスカーは青毛の愛馬を走らせていた。眼前では陽光を浴びて銀髪がきらきらと輝いている。

遠乗りから帰るとマリカが様子を根掘り葉掘り訊いてくるので、今日はマリカを前に乗せて、森を散策することにしたのだ。

今回はしっかりと帽子を被せたのだが、予想外にマリカが馬を走らせるものだから、もう帽子はリボンで首に留《と》められているだけだ。結い上げていた髪も風に靡《なび》かせ放題で、オスカーの顔を擽《くすぐ》る。

「拍子抜けした。まったく怖がらなかったな」

泉のほとりで馬を止め、マリカを抱き下ろすと、上気した頰で笑顔を返してくる。日差しのせいか、その笑顔がひどく眩《まぶ》しい。

「気持ちがいいですもの。それにうちの馬と違って大きくて立派だから、見晴らしがよかったです」

「では、乗馬も覚えるか」

「ほんとですかっ？　嬉しい！　ひとりで乗ってみたいと思ってたんです」

さっそく鐙《あぶみ》に足を掛けようとするマリカを、オスカーは押しとどめた。

「後日だ。なんの準備もしていないだろう。それに、いきなりこんな場所では乗せられない」

馬に水を飲ませていると、それを眺めていたマリカが泉の縁に乗り出して、水を手で掬《すく》った。

「わあ、冷たくて美味しそう」

「待て。まさか飲むつもりではないだろうな」

「どうしてですか？　私だって喉が渇いたわ」

「やめておけ。腹を壊すだけでは済まないかもしれない。ほら――」

オスカーは鞍《くら》に着けていた水筒を差し出すが、マリカは首を振った。

「ワインでしょう？　それだったら、お腹を壊してもこっちのほうがいいです」

「ロマは酒豪が多いと聞いていたのに、まったくだめだな。……よし、わかった。向こうに湧水があるから、案内しよう」

コーヒーや茶は好んで飲むし、庭の隅で怪しい雑草を摘《つ》んできては煮出して飲んだりもしているくせに、どういうわけか酒類は苦手らしい。

オスカーに限らず、ワインを酒に分類しない者も多い中で、マリカの酒嫌いは徹底している。なにしろ一番のお気に入りは、城の井戸の水だ。

……が、いかにもそれらしいと言えなくもないか。

無味無臭の透き通った水を、喉を鳴らして飲むさまは、マリカがそれでできていると言われても納得しそうだ。

低い崖《がけ》の足元に、細長く伸びた草が茂った一角がある。

「そこだ。ゆっくり進めよ。草で隠れているからな」

草を掻《か》き分けるようにすると、岩の間から湧き出た水が、水盤状になった窪《くぼ》みに溜まっているのが見えた。

「すてき！　オスカーさまが作ったんですか？」

「自然とできたものだ。東の山から来る水脈だろう」

マリカはさっそく両手を浸《ひた》し、はしゃいだ声を上げて顔を近づける。髪が濡れるのもお構いなしに、二度三度と掬い上げて水を飲む。

「美味しい！　甘いわ」

振り返って目を瞠《みは》るマリカに、オスカーは苦笑した。

「砂糖入りか」

「そういう意味じゃありません。でも、井戸の水と違う味がします」

「水なんてどれも同じだろう。無味無臭で、だから気づかずに飲んで腹を壊す――」

オスカーの鼻先に、マリカが両手を差し出す。手のひらには水が溜まっていて、隙間《すきま》からこぼれる滴がきらきらと輝いていた。

これを飲めと言うのだろうかと思わずマリカを見つめると、少しきまりが悪そうに唇を尖《とが》らせる。

「……グラスがないから──あ、自分で飲みます？」

「……いや──」

マリカの手を下から支えて、オスカーはそこに唇を近づけた。冷たい湧水を口に含むとき、唇が柔《やわ》らかな手のひらに触れる。頬や顎を包むひやりとした感触が、なぜか頬擦りしたくなるほど心地いい。

「……あの……おかわりします？」

気づけば水はなくなっていて、濡れた手に唇を押し当てている自分に気づいた。マリカは戸惑ったような目を向けてくるが、手を引っ込めはしない。

……なにをやっているんだ。

内心狼狽えながらも、表情を取り繕《つくろ》って首を振る。

「いや、もういい」

「どうですか？　甘かったでしょう？」

マリカは必要以上に声を張り上げて、オスカーに水の味の感想を求めてきた。

「さあ、ただの水だろう」

「そうですか？　絶対美味しいと思うんですけど」

不服そうに眉を寄せて水辺を離れたマリカは、ふいに足を止めた。茂みの向こうを凝視している。

「どうした？」

「あそこになにか——あっ……」

「おい、勝手に——」

止める間もなく駆け出してしまい、オスカーは後を追った。茂みの先でしゃがみ込んだマリカの肩先から覗くと、野ウサギが罠《わな》にかかっていた。

「猟師が仕掛けたんだろう。こういう罠があるから、慎重に動かないとけがをする」

マリカは聞いているのかいないのか、野ウサギの後ろ脚を挟んでいる罠を、躍起《やっき》になって外そうとしている。

「なにをしている」

「だって、このままじゃ死んでしまうわ」

「捕《つか》まえるための罠だ。捕らえた獲物は、当然のことながらそういう運命にある」

「でも！」

かかったばかりなのか、野ウサギはまだ元気だった。マリカが罠を外すと、その手から逃れようとしてもがく。

「だめよ。けがを治してからじゃなきゃ、自分でごはんも食べられないじゃない」

野ウサギに言い聞かせているらしい言葉に、オスカーは呆れた。

「一度罠にかかったウサギなど、もうまともには動けない。このまま仕留めてやるのが情けというものだ」

「そんなはずありません！　生きてるんだもの……それに、元どおりにならないとは限らないでしょう？　私が世話をします」

目の前で弱った動物を見たから、つまらない感傷を抱いたのだろう。ウサギの一羽くらいで言い合うのもくだらないから、マリカの好きにさせることにした。

——驚いたことにその野ウサギは数日で傷も癒え、後遺症らしいものもなく城の中を跳ね回るようになった。

「一座のパヴラ婆から教えてもらった薬草で、塗り薬を作ってみたんです。ちゃんと治ったでしょう？」

マリカは野ウサギを抱いて頬擦りしていたが、そのまま裏庭に出ると鉄柵の向こうに野ウサギを放した。あっという間に草の中に見えなくなったが、灰色の瞳はその姿を見送るように細められ、口元には慈愛のような笑みが浮かんでいた。

その横顔を見つめていたオスカーは、なぜか胸が締めつけられるようだった。

……不思議な娘だな……。

身分の違いから、これまでにも何度となく変わった娘だと思いはしたが、それでも妙に惹《ひ》きつけられる。もしかして初めからそうだったのだろうか。いや、森の女を見つけられない歯がゆさから、目の前に現れたマリカをとりあえず手元に置こうとしただけだったはずだ。

それなのに今はマリカが気になってしかたなく、ともすれば森の女のことは頭から離れがちだ。毎日小さな発見があり、次第にマリカという娘を知るうちに、好ましいという気持ちも増えていく。

ことにこの一件では、マリカの別な一面を知ったように思う。オスカーより十も年下で、知らないことも多いのに、野ウサギを介抱したマリカからは、大きな慈《いつく》しみと温かみを感じた。

そして、これはあまり認めたくないことだったが、甲斐甲斐《かいがい》しく世話をするマリカに、自分はウサギに嫉妬《しっと》していたように思う。マリカの意識が自分以外に向けられることが、ひどく面白くなかった。

この俺が、ウサギごときに……？

しかし、どう考えてもそう結論づけるしかない。

平穏すぎる日常の気晴らし、すぐそばで目を楽しませる道化――そのくらいの位置づけだったはずが、意外にもマリカの存在が大きくなっている。彼女がいることで、気持ちが安らいだり、逆に浮き立ったり、心から笑ったり――つまり自分は満たされている。

どんなに遊興や色事に耽《ふけ》ろうとも、決して味わうことのなかった心の満足が、ロマの娘によってもたらされたことは驚きだが、それが事実だ。

そう気づいてしまうと、マリカを手放すことがますます惜しくなってきた。

思い返せば、オルゴールに合わせて踊った夜もそうだった。ひとしきりワルツを踊った後、マリカはお返しにとロマの踊りを披露し、オスカーにも真似てみるように勧めた。

初めはオスカーのぎこちない動きに笑い転げていたマリカだったが、いつの間にかぽろぽろと涙をこぼしていた。そして、帰りたい――と呟《つぶや》いたのだ。

それまでとは比べものにならないようなものを食べ、豪華なドレスを身に着けて、贅沢《ぜいたく》な暮らしをさせているのになにが不満なのかと、オスカーは腹立たしくなった。いや――狼狽《うろた》えていたかもしれない。

『許さない』

無意識にそう囁いて、マリカを抱きしめていた。

腕の中のか細い身体がびくりと震え、小さな声で「申しわけありません……」と聞こえた。

機嫌を損ねたと思ったのだろう。オスカーを楽しませることが己の仕事だと理解しているマリカは、それきりなにも言わなかった。

翌日には里心など忘れたかのように振る舞っていたが、オスカーのほうは、そう遠くなく彼女を解放しなければならないこと、そしてそれを望んでいないことに気づいた。

……いや、違う。

そんなぬるい言い方は適当ではない。決して手放したくない、そばに置いておきたい。これからも、ずっと。なぜなら――。

今は向かいの長椅子で本を読むマリカに、そっと目を向ける。そうだ、マリカを視界に捉《とら》えて、いつからこんなふうに気持ちがざわめくようになった？　文字を追って伏せた睫毛《まつげ》がかすかに揺れるさまにすら、同じように己の心を揺らして。微笑《びしょう》を向けられると、胸がじわりと温かくなり、次第に熱くなり――。

……降参だな。

そうはいっても悔しくはない。むしろ誇らしいほどに胸が高鳴る。

認めよう。自分はこの娘に恋をしている――。

◆

◆

何度か城の周りで乗馬の練習をしたマリカは、まだ渋《しぶ》るオスカーを説《と》き伏せて、領地の外れにある森まで遠乗りに出た。決して馬を走らせないこと、オスカーから離れないことを条件に。

必要ないと言ったのに、女性用の乗馬服を一式着させられた。初夏だというのに、テイルコートのような上着に同素材のスカート、鐙《あぶみ》がついた長靴にシルクハット、さらに革の手袋という重装備で、オスカー曰《いわ》く、

「落馬したときにけがをしないように、できるだけ覆っておくことだ」

とのことだったが、むしろこの格好のせいで身動きが取れずに馬から落ちそうだ。

一方のオスカーは上着も着ずに、シャツの上はウエストコートだけという軽装だった。

いいわよ。暑くなったら脱ぐもの。

井戸水を入れた水筒は忘れずに持った。また湧水があったら、入れ替えて持ち帰るつもりだ。

「そうだ。もうひとつ言い忘れたが――」

隣の馬上からオスカーがマリカを見る。

「罠にかかった動物の持ち帰りは禁止だ。領民が食糧難になる」

狩猟の目的が肉や毛皮の確保で、人間の生活に必要だということはわかっているが、いざ目にしてしまうと可哀想《かわいそう》になってしまう。

「……出くわさないように願ってください」

だからそう返すと、オスカーは肩をすくめた。

見晴らしのいい草原には青々と草が茂り、野花が色を添えている。その向こうには作物畑があって、野良仕事をする領民の姿も見えた。小さな家や水車小屋もある。

王都から離れてはいるが、フェルザーシュタイン伯爵領は豊かな土地のようだ。

やがて東の山と一体化したような森が前方に見えてきた。獣道《けものみち》に分け入ると、頭上に広がる木々に日光が遮《さえぎ》られ、急に気温が下がったように感じられる。乗馬服を着せられたのは、このせいだったのだろうか。

でも、オスカーさまは寒くないのかしら……。

特にそんな様子も見られないので、マリカも気にせずに森の中の景色を楽しむ。鮮やかな橙《だいだい》色の野ユリや、連なった鈴のようなランが咲き、樹木の枝からは名も知らない白い花が房になって揺れている。

飛び回る小鳥を目で追うと、木の洞に雛《ひな》が顔を覗かせていた。

「オスカーさま！　あそこに雛が！」

「親鳥がいるから、おまえが面倒を見る必要はない」

「誰も連れて帰るなんて言ってません」

どうしてそういう話になるのだ。マリカが野ウサギを連れ帰ったことが、そんなに気に入らなかったのだろうか。

しかしオスカーの不興を買うのは、自分に課せられた仕事を抜きにしても本意ではないので、マリカは本気で罠にかかった動物と出会わないようにと念じた。

だって……オスカーさまが嫌だと思うことはしたくないんだもの……。

「この先に小川がある。そこで止まるぞ」

「まだ平気です」

「馬を休ませるんだ。元気が余っているなら、近くにキイチゴが群生している。ちょうど実がなる時期だろう」

「キイチゴ！　行きましょう！　早く！」

小川は浅く細いせせらぎで、それを目にしたマリカは、倒れているオスカーを見つけたときの記憶を蘇《よみがえ》らせた。あの若者と今こうしているなんて、信じられないような偶然だ。

実際、別人ではないかと思ったこともある。マリカが勝手に想像していた若者と、現実のオスカーの印象が違い過ぎたせいだ。

しかしそれも、こうしてそばにいるうちに、また変わってきたように思う。贅沢で傲慢《ごうまん》に暮らす鼻持ちならない貴族だとがっかりしていたのが、さりげなく気にかけてくれたり、ときに茶目っ気を見せたり、ふいに思慮深いところを感じたり、この伯爵に好意的な気持ちを抱くようになっていた。

いい人――と単純には言えないかもしれないけれど……。

少なくとも嫌いではない。以前のように恐ろしいとも思わない。むしろ――。

ひとりで馬から降り、見様見真似で馬を川べりに繋いだマリカは、オスカーとキイチゴの茂みへと向かった。

「わあっ、可愛い！」

こんもりと茂った低木には、鮮やかな赤い果実がいくつもぶら下がっている。

「可愛い……と言うのか？　食べるのだろう？」

「こうしてなっているところは可愛いじゃないですか。摘み取ると――」

マリカはキイチゴをもぎ取って、木洩《こも》れ日にかざす。

「やっぱり可愛い。そして美味しそう」

口に入れると、甘酸っぱさが広がった。

「美味しい！」

続けてふたつみっつと頬張った後で、辺りを見回す。はっと気づいて帽子を取り、せっせとキイチゴを摘んではそこに入れていった。

「おい――」

呆れたような声のオスカーに、逆さまにしたシルクハットを突きつける。

「入れものがないんですもの。キイチゴがあるって知ってたら、用意してきたのに。さあ、オスカーさまも摘んでください。帰ったら、パイを焼いてもらいましょう」

シルクハットが真っ赤な実でいっぱいになったころ、ぽつぽつと雨が降り出して、マリカは手を止めて空を見上げた。樹木に遮られて気づかなかったが、ずいぶんと空が暗くなっていた。森を吹き抜ける風も強くなっている。

「降ってきたか」

オスカーの呟きが終わらないうちに、雷鳴が響いた。

「きゃっ……」

にわかに葉を叩く雨音が辺りを包む。頭や肩に当たる雨粒も、あっという間に増えてきた。

「少し歩いたところに狩猟小屋がある。そこで雨宿りしよう」

オスカーの懐《ふところ》に抱きかかえられるようにして、マリカは走り出した。

その言葉どおり、数分走った先に木でつくられた小屋があり、ふたりは扉を開けて駆け込んだが、互いにずいぶんと濡れてしまっていた。

「あ、馬は——」

「心配ない。それより上着を脱いだほうがいい。今、火を熾《おこ》そう」

小屋には簡単な煮炊き用のストーブがあり、オスカーは手早く火をつけて、様子を見ながら薪《まき》を放り込んだ。

マリカは上着を椅子の背に掛けて、ストーブのそばに置く。身体を拭《ふ》くものがないかと見回したが、棚には鍋がふたつ、カップと皿がいくつかしかなかった。他には木のベンチが置かれているきりで、隅《すみ》に積んだ薪と藁《わら》の束。

ストーブの前にしゃがみ込んで火の強さを見ているオスカーは、濡れたシャツの袖をぴったりと腕に張りつけていて、髪からも滴《しずく》をしたたらせている。マリカよりもよほど濡れているのは、オスカーが身を挺《てい》して雨避《よ》けになってくれたからだろう。

これでいいかしら……？

マリカはブラウスのクラヴァットを解いて両手に持ち、背後からオスカーの髪に触れた。振り返ったオスカーは、片手でそれを払う。

「俺はいいから自分を拭け。あいにくこちらには、乾いた布はないからな」

「それならなおさらです。オスカーさまのほうがびしょ濡れじゃないですか。あ、ウエストコートも冷たい……脱いでください。シャツも」

マリカが引っ張り続けたので、オスカーは渋々といった体で服を脱いだ。それを奪うようにしてストーブの周りに広げると、マリカは改めてオスカーの髪を拭き始めた。長身のオスカーの頭に手を伸ばすと、どうしてもつま先立ちになって不安定になる。徐々に接近してくる雷の音にびくびくしながら、オスカーの背中を拭き始めたとき――。

「きゃっ……！」

雨戸も閉じた薄暗い小屋の中に、何本もの光の筋が差し込んだ。板の隙間から稲光が洩れ入ったのだろう。

続けて、真上から叩きつけるような雷鳴が地を揺るがし、マリカは思わずオスカーにすがりついた。

「雷が苦手か」

頭上から聞こえた声が、同時に振動となって伝わったような気がして、マリカは顔を上げた。再び薄闇の中で、オスカーが笑っているように見える。一瞬、雷の恐ろしさを忘れて、オスカーに見惚《みと》れる。

「……いえ、平気——」

またしても小屋の中が白く光ったのを見て、次の雷鳴に備えてオスカーの胸に頭を押しつけてしまう。そんなマリカを、両腕がしっかりと包んだ。

オスカーが盾になってくれたおかげで、轟《とどろき》はそう激しく聞こえず、またすっぽりと包まれている安心感にほっと息をついた。しかし、自分が裸の胸に顔を押し当てていると気づいて、マリカは狼狽《うろた》えた。

わ、私ったら……！

「もっ、申しわけありません！　つい……」

「まだ雷は鳴っているぞ」

離れようとしたのに、強い力で胸の中に閉じ込められる。湿った肌の感触と耳元で響く鼓動が、マリカの胸まで高鳴らせた。

こうして抱き合うのは、初めてではない。あの夜も温もりを分け合うために、触れ合って過ごした。

ひと晩中、この人の顔を見ていたわ……。

目を閉じていても整った顔に見惚れ、その瞳が隠れていることを惜しく思い――。

今はこうしてそれが鮮やかな緑色だと知っている。それだけではない。どんな声をしているのか、どんな口調で話すのか。鴨肉とレタスが好きなこと、コーヒーやお茶に砂糖を入れないこと。ヴァイオリンが上手なこと、踊る姿が美しいこと――。

……そう、それから……――。

「おまえは温かいな」

耳に飛び込んできた囁《ささや》きに、意識を引き戻された。

「以前、こんなふうに誰かの温もりを感じたことがある」

オスカーの声を聞きながら、マリカは心音が速まっていくのを感じていた。

……まさか……憶えていた、の……？

「まだ春とも言えないような、肌寒い夜更けだった。盛り場で過ごした帰りに、野盗につきまとわれてな。ふだんなら後《おく》れを取ることなどないのだが、酒を過ごしていて気づくのが遅れた――」

辻馬車の中でまどろんでいたところを、二人組に襲われたのだという。馭者《ぎょしゃ》はその場で斬《き》りつけられ、得物《えもの》を持っていなかったオスカーはとっさに馬車を飛び降りて、そのまま森へ逃げ込んだ。しかし執拗《しつよう》に追いかけてくる野盗にナイフで腕を刺され、財布を投げつけてどうにか難を逃れた——。

「酔いと傷のせいで意識が朦朧《もうろう》として、街道とは逆方向に進んでしまったらしい。沢で足を取られて、そこからは定かではないのだが——」

マリカを包む腕の輪が狭《せば》まって、ため息が湿った銀髪を温める。

「誰かが——間違いなく女が、俺を抱きしめてくれていた。あんな夜の森でありえないことだと、実際にその姿を見たわけでもないのだから、夢か幻かと思いもしたが、翌朝目覚めたときには傷の手当てもされていた」

今やマリカの胸は激しく高鳴っていた。

……憶えていた……憶えていたんだわ……。

一度としてあの夜のことを話したことはなかったし、そんなそぶりも見せなかったから、きっと記憶の欠片もないのだろうと思っていた。けがをして意識を失い、翌朝目覚めたという事実だけなのだろう、と。

しかし思い出を共有しているとわかって、感動にも似た喜びがマリカの全身を包む。偶然の出会いとその後の再会が、改めて自分たちの間に特別な絆として誕生した気がした。その相手であるオスカーに、かつてない親しみと好意を覚える。

それは自分だと打ち明けようとして目を上げると、驚くほど間近にオスカーの顔が迫っていて息を呑む。唇に温かなものが触れた。それがキスだと気づいたが、不思議と抗《あらが》う気になれなかった。

マリカの唇の弾力を確かめるように二、三度押しつけてから、濡れた感触が唇をなぞる。それが隙間に押し入ってきて、マリカはがくりと仰《の》け反《ぞ》った。

「……んっ……」

忍び込んできたものに歯列を撫《な》でられ、頬の内側を探られて、初めての感触に戸惑いながらも陶然《とうぜん》としてしまう。やがて舌を探り当てられ、思いきり吸い上げられて、オスカーのそれと戯《たわむ》れるように絡み合う。

男女のくちづけがそういうものだと知ってはいたが、まさか自分とオスカーの間で行われるとは思いもしなかった。それなのに拒《こば》めない。むしろ、ずっとこのまま触れ合っていたいくらいだ。

次第に身体から力が抜けてしまったマリカを抱きとめたまま、オスカーは藁の上に腰を下ろした。

「逃げないのか？」

「……外は雷が鳴っています」

「雷よりはましか」

ひそやかな笑い声を響かせながら、オスカーはマリカの頰を手で包み、濡れた唇を指先でなぞる。そして、ゆっくりと顔を首筋に近づけた。脈が打ちつけるそこに唇を押し当て、舌で線を描くように撫で下ろしていく。

その感覚に意識を囚《とら》われそうになっていると、スカートの裾《すそ》から潜《もぐ》り込んできた手に、ドロワーズの上から脚を撫でられた。

「……あの……」

「脱がせた以上は責任を取ってもらおう」

逃げるつもりはないけれど、本当にマリカを抱くつもりなのだろうか。そして自分は、本当にそれを許すつもりなのだろうか。

しかし、拒む気になれない。

森の中で出会った若者にも、伯爵のオスカーにも、好意を持っている。いや、そんな言葉ではなく――。

……好き。この人が好きだわ……。

たぶんこれを恋と呼ぶのだ。目が合うと胸が高鳴ったり、微笑に見惚れたり、不機嫌に見えると狼狽えたり――相手のことが気になってしかたがない。

触れ合った部分から痺《しび》れるような疼《うず》きが湧き上がってくるのも、それに戸惑いながら続きを期待してしまうのも、自分が彼に恋をしているからなのだ。

初めての感情を自覚したマリカは、力が抜けた身体を預けるように、オスカーの肩に両腕を回した。

高い鼻梁《びりょう》でブラウスの襟を掻き分けるようにして、マリカの胸元を露《あらわ》にしたオスカーは、コルセットで持ち上げられた乳房の谷間に唇を落とし、つかの間動きを止めた。

「……香水をつけているのか？」

「え……？　いいえ」

今は闇に沈んで鋭い光だけを放つ緑色の双眸《そうぼう》が、ふとマリカを見上げて凝視する。その視線の強さに、鼓動が跳ねた。

ブラウスとスカートを脱がされ、長靴も放り投げられて、マリカはたちまち下着姿にされた。さすがにコルセットは片手間には外せなかったようだが、シュミーズの肩は引き下ろされ、乳房が露になる。

「あっ……」

オスカーは舌を伸ばしてその先端に触れ、乳頭を撫で上げた。ぞくりと震えが走って、肩から腕が粟立《あわだ》つ。舐められた粒がきゅうっと芯を持ち、それがオスカーにも伝わったのだろう、舌先で何度も跳ね上げられる。そのたびに疼きが湧き上がって、マリカは小さく声を上げて身を捩《よじ》った。

シュミーズの中に忍んだ手はドロワーズの太腿《ふともも》を撫で上げ、閉じようとする膝を開いていく。足のつけ根まで辿《たど》り着いた指が、薄い布越しに股間を撫でた。

「あっ、ん……」

ドロワーズが張りついた感触に、マリカはびくびくと震えた。

「ここまで濡れたか」

含み笑う声に、ひどく恥ずかしくなったけれど、同時に妙な興奮を覚えた。

「可愛い奴だ」

「あっ、あっ……」

腰を下ろしたオスカーの脚の間で、マリカは膝立ちの体勢だったため、身体の中心を刺激されて力が抜けてしまう。オスカーの片腕に抱かれるようにしながら、藁の上に横たわる間に、ドロワーズは膝下で絡まるまで下げられていた。

オスカーは改めてマリカの胸に舌を這《は》わせ、もう一方の乳房を手で包んだ。乳暈《にゅううん》ごと吸い上げられると、気が遠くなるような心地よさに見舞われ、ため息とも喘《あえ》ぎともつかないものが洩れる。

指の腹で擦《こす》り合わされる乳首も、抗うように硬く尖《とが》っては、ふっと柔らかく解けることを繰り返し、そのたびにせつなくなるような疼きをもたらす。

それだけでも恍惚《こうこつ》としてしまうのに、オスカーの手はマリカの下腹に伸びて、露《つゆ》を含んだ花弁《かべん》に触れた。

ぴくん、と膝が揺れる。

閉じた襞《ひだ》を何度か行き来するうちに、溢《あふ》れた蜜が指に絡んで動きをなめらかにした。少しずつ隙間に潜り込み、媚肉《びにく》を掻き分けるうちに、花芽《かが》に触れる。

「あ、あっ……」

跳ねるマリカの下で、藁がざわめく。指の腹で撫で回されると、痺れるような快感が生まれ、腰の奥が熱く潤《うる》んでくる。実際に蜜が溢れて、オスカーの指は次第に動きを大きくしていった。花芽を弄《いじ》りながら襞の隙間を行き来して、少しずつ奥へと忍んでくる。蜜壺《みつつぼ》の縁を探り当てられ、指先が入り込もうとする。

「いっ……う……」

痛みを感じて腰を引いたマリカに、乳頭を食《は》んでいたオスカーが顔を上げた。

「……そうか」

なにがそうなのだろうと問う間もなく、オスカーは身体をずらすと、シュミーズの裾をコルセットの位置まで捲《まく》り上げた。

「やっ……」

小屋の中はストーブの火が燃えるわずかな明かりだけだが、それでも下肢《かし》を晒《さら》すことに違いはない。シュミーズを引き下ろそうとしたマリカの手は、しかしオスカーに阻《はば》まれてしまった。

「今さら隠してどうする。初めてなのだろう？　ならば、任せておくことだ。痛い思いはさせない、とは言わないが、なるべくよくしてやる」

ずいぶんと明《あ》け透《す》けにいろいろ言われて、返事に窮《きゅう》しているマリカの膝に手をかけたオスカーは、ゆっくりと、しかし強い力で脚を開かせた。

「……ああ……」

隠しても意味のないことだが、マリカは両手で顔を覆う。

「……下も銀色か。ほとんど隠せていないな」

含み笑うような呟きに、ひどく恥ずかしくなりながらも、じわりと溢れ出たものが脚の付け根を濡らすのを感じた。

下腹に湿った髪が触れ、緊張した瞬間、なにかが花芽に触れる。

「あうっ……」

柔らかく熱いそれで撫で上げられ、震《ふる》えが走った。遅れてその正体がオスカーの舌だと、舐《な》められているのだと気づいて、羞恥《しゅうち》のあまり逃げ出したくなったが、抗いがたい心地よさに身を預けてしまう。

なにかの弾みで自分でも何度か触れたことはあり、小さな器官でありながら過敏な場所だと知ってはいたけれど、まさかこんなにも性感に溢れているとは思いもよらなかった。

オスカーは肉粒を舌で包み込むように撫で回し、舌先でつつき、マリカを喘がせ、仰け反らせる。弄られるにつれて充血したように張りつめて敏感になっていくそこを、唇で覆われて吸われたときには、あられもなく叫んでしまった。快感に全身が震え、さらに高みへと押し上げられて硬直する。身体は勝手にびくんびくんと揺れるけれど、自分の意思では動かせないくらいに痺れてしまっていた。

「……や、もっ……触らない……で……」

感じすぎる肉芽《にくめ》をなおも玩弄《がんろう》するオスカーを遠ざけようとするが、手にまったく力が入らず、脚を閉じることもできない。しどけなく綻《ほころ》んだ襞をオスカーの指にまさぐられ、そこが驚くほど濡れているのに気づいた。きっと内腿《うちもも》にまで伝っている。

「あっ……」

かすかな違和感に声を洩らすと、身体の内側に押し入ってくるものを感じた。

「な、なに……？」

「怖がるな。よく濡れている。このくらいなら痛くないだろう？」

顔を上げたオスカーはマリカを腕の中に包むと、太腿の間に潜《もぐ》らせた手を動かす。中で感じるのは、オスカーの指だったらしい。マリカの蜜壷をゆっくりと抜き差ししながら、前方の花芽にも刺激を与える。

「あ、あっ……いや、そこは……」

「嫌？　そんなことはないだろう。こんなに勃《た》たせて……あっという間に達してしまったくせに。今もどんどん蜜が溢れてくる」

「どうしてそんなふうに言うんですか……意地悪だわ……あっ……」

ずいぶんと淫《みだ》らだと指摘されたようで、マリカは恥ずかしくて涙ぐむ。しかしその一方で、感じていることも確かだった。

「心外だな。褒《ほ》めているんだ。俺を受け入れようとしている証拠だろう」

私が……オスカーさまを……？

もうずいぶんと遠ざかった雷鳴が、こだまのように響いた。雨音はまだ屋根板を叩いている。

オスカーが覆いかぶさってきて、マリカの鼻先に吐息を吹きかけるように囁いた。

「口を開けろ……」

言葉の意味を頭が理解するより先に、身体が動いていた。緩《ゆる》く開いた唇を、オスカーが舐める。舌を差し入れられ、口中を撫で回され、マリカの舌に絡みつく。

「……んっ……」

下肢が重苦しくなったのは、指を増やされたのだろう。そんなに入らないと思うのに、あやすように肉粒を愛撫《あいぶ》されると、媚肉が従順に緩んでいく。マリカ自身が隘路《あいろ》を濡らすせいで、指は内壁を撫で回しながら次第に居場所を拡げているように感じられた。

背中から脇の下を通った手にすっぽりと乳房を包まれて、捏《こ》ねるように揉《も》みしだかれる。

指先で撫でられる乳頭が凝《しこ》って疼いた。

　緩やかな快感に身を任せてたゆたっていると、いつしか指が引き抜かれ、脚の間にオスカーが身体を割り込ませていた。軽く腰を抱えられて目を開くと、薄暗がりの中でも強い光を放つ緑色の双眸が、マリカを見下ろしている。

「……オス、カ――」

　熱く硬いものがマリカの花園に押し当てられ――押し入ってきた。

「ひ、あっ……あ、ああっ……」

　指で拡げられたよりもずっと太くて大きいものに、痛みと息苦しさを覚えてマリカが呻いても、オスカーは迫ってくる。体重をかけられて逃れることも叶わず、マリカは侵略されながらオスカーを叩いて切れ切れに訴えた。

「……やっ……嘘つき……っ、……苦しい……あっ……」

「少し堪《こら》えろ……すぐによくしてやる――」

　オスカーはマリカにくらづけると、気が遠くなるほど強く吸い上げてきた。オスカーの口中に連れ込まれた舌を、柔らかく嚙まれて撫で回される。その甘美《かんび》さにほんの少しだけ意識を引きつけられ、ふっと力が緩んだ隙に、腰が浮き上がるほど奥まで楔《くさび》を埋め込まれた。

　動きを止めたオスカーのため息が、マリカの口の中に満ちる。下肢で強く脈打っているのは、自分のものではない鼓動だ。他人の脈動を身体の中で感じることの、なんと不思議なことか。

ゆっくりと唇を解《ほど》いたオスカーは、わずかに微笑む。こんな笑みは初めて見た。凄《すご》みを感じるような色気に、マリカの心音が高まっていく。

「蕩《とろ》けそうだ……きついほど締めつけてくるのに、柔らかく吸いつく」

「そんなこと……言われてもわかりません……」

しかし、オスカーが性的に昂《たかぶ》っているのはたしかで、それを自分の身体がもたらしているなら嬉しい。オスカーが感じてくれているなら、自分は多少つらくてもそれでかまわないと思えた。

男女の交わりを行っているのだと、今さらながら実感する。一座の年上の娘たちから聞いた話では、もっと楽しくて気持ちがいいものに思えたけれど、先ほどまではともかく、なかなかに苦しいものだ。

けれど、好きな相手と肌を合わせているという事実は、肉体の感覚以上に心が満たされていく。

オスカーはマリカの乱れ髪を指先で撫で、鼻先や耳朶《じだ》にキスを繰り返した。両手で乳房をやわやわと揉みもしているが、まだじっとしている。

「……あの――」

経験がなくても、これで終わりではないことくらいは知っている。

「もう平気ですから。どうぞ続けてください」

オスカーはおかしそうに笑って、少し強めに乳首を捻《ひね》った。

「あっ……」

痛みよりもぞくりとするような疼《うず》きが、胸から下肢へと伝っていった。

「ああ、なるほど。たしかに俺を急《せ》かしているな」

そう言って腰を回し始める。深く差し入れられたもので中を掻き回されると、動きに合わせて粘《ねば》ついた音が響いた。それが恥ずかしくて、なるべく音がしないようにオスカーの動きに合わせているつもりが、逆に押しつけ合ったり引き合ったりすることになる。内壁を剛直で擦《こす》られて、拓かれた痛みでぼうっと痺れたような感覚の中に、くすぐったいような奇妙な心地よさが生じてきた。

「……あ、あ……あっ……」

オスカーの動きが大きな抜き差しに変わって、隘路《あいろ》を余すところなく擦られる感触に、マリカは喘いだ。同時に厚い胸板で胸の先端も擦られて、左右の乳首が硬く尖《とが》る。

手放しでいいとは言えないけれど、身体が快感に手を伸ばして、摑みあぐねているような、微妙なせつなさに見舞われていた。一方オスカーの動きは次第に激しさを増して、マリカの腰を抱えて揺さぶりながら、首筋や肩に唇や舌を這わせる。乳頭に吸いつかれ、歯を立てられて声を上げると、低く唸《うな》って顔を上げた。振り乱した髪の隙間から獣のような目でマリカを捉え、上体を起こす。

「ひ、あっ……」

中の怒張が角度を変え、一瞬、鋭い衝撃が走った。それが快感だとマリカが気づいたのは後のことだったが、オスカーはすぐにわかったらしい。

「……ここがいいのか」

狙い澄ましたように擦られて、マリカは下腹を波打たせた。オスカーの膝に下肢が乗っている状態なので、仰向《あおむ》けのマリカにも淫らに揺れた自分の腰や、繋がっている部分まで見えそうなくらいだ。

オスカーの指は薄い銀色の和毛《にこげ》を掻き分けると、潜んでいた花芽を露《あらわ》にした。それはマリカが見たこともないほど尖り膨《ふく》らんで、指で刺激されると強烈な快感を生じる。

「あっ、んっ、ああっ……」

勝手に揺れる腰に、オスカーから突き上げるような抽挿《ちゆうそう》を加えられ、マリカは身を捩って悶《もだ》えた。襲いかかってくる刺激を受け止めることも、ましてや味わうこともできず、ただ翻弄《ほんろう》される。

それでも、自分がどこかへ連れて行かれるのは予感した。なにかが出口を求めて、腰を内側から叩いているような、じきにどこかが破れてそれが飛び出してくるような。

「や、あっ、あっ……オス——あ、ああっ……」

オスカーを思いきり食い締めた内壁が、びくびくと震える。しゃくりあげるように何度も腰が揺れて、その動きで怒張が擦れる感触に、また悦《よろこ》びが襲いかかった。

そんなマリカをオスカーは激しく突き上げ、最後に奥深くで脈動した。唸《うな》るような深いため息が、マリカの耳に余韻を残す。

揃《そろ》って藁《わら》の上に横たわったときには、雨戸や板壁の隙間から差し込む光で、小屋の中はずいぶんと明るくなっていた。互いの顔を見るのにも支障がなく、それがマリカには逆に少し恥ずかしくもあったが、こちらを見るオスカーは緩く微笑んでいる。

「雨も止んだようだな」

不規則に屋根を叩く音は、樹木の枝から落ちる雨粒だろう。

オスカーは身を起こすと、ストーブに当てていたシャツを取って羽織った。今さら気づいたが、マリカが手当てしたけがだけでなく、細かな傷は他にもあった。やはり目について狙《ねら》われやすい立場なのか、あるいは本人が好戦的なのか。いずれにしても、あまり危険な目に遭《あ》うような場所は避けてほしい。

「もう痛みませんか？」

マリカはそっとオスカーの左腕に触れた。

「……え？」

オスカーが怪訝《けげん》そうに顔を上げる。

「けがの痕《あと》です」

「……ああ」

「よかった……」

マリカが背を向けて身づくろいを始めると、オスカーの声が聞こえた。

「あのとき助けてくれた相手には、本当に感謝している。きっと身も心も美しい娘なのだろう。いや、もしかしたら、森の精だったのかもしれない」

「も……森の精……？」

思わず振り返ったマリカに、すっかり身支度を終えたオスカーは頷《うなず》いた。すでにそこにいるのは、威厳すら漂わせている若き伯爵だ。素肌を合わせていたときの若い獣のようなオスカーとは、どこか違う。

「ああ。そのくらい高潔で慈愛に満ちていて、得がたい存在だったということだ。それに、あれからずっと森を捜しているのに、出会うことはおろか噂すら掴むことができないんだからな。しかし、だからといって会えないままになるとも思っていない」

オスカーは強い光を湛《たた》えた双眸で、マリカをじっと見つめた。

「俺が会いたいと強く望んでいる以上、必ず出会えるはずだ。そう思わないか？」

「え……あ――」

「そして、会ったら二度と放さない」

マリカは自分が急速に委縮《いしゅく》していくのを感じた。オスカーは自分を助けた相手に好意を持っていると同時に、強く美化している。大の男が森の精だなどと譬《たと》えるくらいだ。

しかも、今も再会を願って捜しているのだという。たびたびひとりで遠乗りに出かけるのは、そのためだったのだろう。

……私だなんて……言えない……。

助けたのがロマの娘だったなんて知ったら、心底がっかりするだろう。オスカーのそんな顔は見たくない。

それに、信じてくれないかもしれない。証拠もないのだ。

それならば、言う必要もないのではないか。別のオスカーの感謝が欲しいわけではない。そ知らぬふりでいたほうが、互いのために思える。

……そうよ。あれは思い出でいいわ。今、こうしてオスカーさまと一緒にいられるんだもの。それ以上を望むなんて、過ぎたことだわ。

◆　◆

書類にサインをしていた手が止まる。

どうして言わない……？

苛立《いらだ》ちにも似た気分を抱えたオスカーの視線は、己の左腕に注がれた。袖《そで》の下には傷痕がある。春先に野盗に斬りつけられたものだ。

森での出来事は話して聞かせたが、けがの具体的な詳細は明かさなかったにもかかわらず、マリカは傷の箇所を迷うことなく当てた。あの当たり前のしぐさは、そこに傷があることを知っている者の振る舞いだ。

服を脱いだときに気づいたのでも、行為の最中に見つけたのでもないだろう。あの薄暗い中で見分けられるほどの痕ではない。

だから、マリカはオスカーのけがを知る者――すなわち森の女に違いない。

そっと触れられた感触を思い出して、オスカーは自分の腕を摑《つか》んだ。

「いかがなさいました？」

執務机の傍《かたわ》らに立った事務官が、サインにブロッターをかけながらオスカーを窺《うかが》う。気まぐれな当主が仕事に飽きたのかと、懸念《けねん》しているのだろう。

「あと五枚――いえ、三枚ほど目を通していただきたい書類があるのですが」

「ああ、わかっている。続けよう」

差し出された書類の字面を目で追いながら、思考はまたしても昨日の遠乗りに戻る。

突然の雷雨を避けて狩猟小屋へ駈け込んだオスカーとマリカは、濡れた身体を拭《ぬぐ》ううちに唇を重ね、身体も重ねた。

マリカに戸惑《とまど》う様子はあったが、それは初めての行為に対してで、オスカー自身を拒《こば》んでのことではなかったと思う。少なくとも最初にマリカを部屋に呼びつけた夜のような、嫌悪は見られなかった。

むしろ毎日ふたりで時間を過ごすうちに新たな面を知り、それを好ましく思っていたのは、自分だけではないはずだ。オスカーはすでにマリカへの恋愛感情を自覚しているが、マリカもそこまでは到達していなくても、きっと好意は存在している。その証拠に、マリカはよく笑うようになった。萎縮《いしゅく》することも少なくなって、オスカーに言い返すこともしばしばだ。

そんなマリカにますます魅力を感じ、彼女といることで気持ちが安らぎ、ときに心躍る。もはやただのお気に入りではなく、ましてや気晴らしなどではないのだから、手に入れたいと思って当然だ。彼女を抱きたかったのはもちろんだが、なによりずっとそばに置いておきたいと望んだ。

おずおずとではあったが、ようやく自分の腕の中に降りてきたマリカを、逸《はや》る心を抑《おさ》えて行為に誘導していったオスカーだったが、彼女の胸元からスミレの匂いを感じて、記憶を強く揺さぶられた。

あの早春の森で、けがと発熱に意識が朦朧《もうろう》としていた中、柔らかな温もりと一緒に嗅《か》いだのは、こんな匂いではなかったか？

だから思わずマリカに尋《たず》ねたのだ。香水をつけているのか、と。マリカの答えは否《いな》だった。もとより記憶にある香りは人工的なものとは言いがたく、香水というよりも体臭に近い印象だ。

森の女もマリカもそんな匂いをさせていた偶然に、オスカーは女との再会を果たしたような喜びと興奮を覚えて、マリカを貪《むさぼ》った。いや、すでにふたりを重ねていたかもしれない。

マリカが傷痕の位置を当然のように探り当てたとき、彼女たちは同一人物なのだと確信し、強い喜びを感じた。

それまで森の女に関しては、きっと身も心も美しい貴人に違いないと思い込んでいたが、流浪《るろう》のロマの娘でもなんの問題もなかった。マリカをそうと知りながら、心から愛しているのだから。むしろふたりが同じ人間だということは、喜びも二倍になったようなものだ。

――しかし、そこで最大の疑問が生じた。

森の女とマリカが同一人物なら、マリカはオスカーを初めから知っていたはずだ。人事不省に陥《おちい》り、泥にまみれていたにせよ、城で再会してそうとわからないはずはない。ヨナーシュ一座としても、領主の恩人だと名乗ったほうが便宜《べんぎ》を期待できただろう。

しかも、昨日も森での話をした。あれを聞いて、当事者が思い出さないはずがない。

……では、別人なのか……？

スミレの匂いがする女が他にもいて、マリカが傷の場所を当てたのも偶然なのか？

……いや、違う。

オスカーは無意識に首を振った。

マリカで間違いない。本能が確信する。

しかしそれならば、なぜマリカは名乗らないのだろうと、当初の疑問に戻る。打ち明けやすいように、オスカーは森の女に対する好意も伝えたつもりだった。

マリカのさまざまな表情を思い出すうちに、帰りたいと泣き出したときのことが脳裏に浮かんだ。

だからなのか……？

森の女だと知られたら、ますます一座に戻れなくなるかもしれないと危ぶんでのことなのか。そんなにしてまで一座に戻りたい理由は――。

あの男……ヴィートとか言ったか。

ヨナーシュが、マリカを娶《めと》らせて一座を引き継がせたいと言っていた。マリカもまたそのつもりでいるのだろうか。あの男と一緒になりたい、と？

羽根ペンを握る指に力が入って、サインも乱暴なものになる。

しかし、オスカーに抱かれたではないか。多少強引に事を進めたかもしれないが、マリカは拒まなかった。素直に感じて、悦《よろこ》びに啼《な》き咽《むせ》びもした。

すがりついてくる華奢《きやしや》な肢体《したい》と、オスカーを受け入れて悩ましく締めつけてくる感触に、眩暈《めまい》がするほどの魅力と愛《いと》しさを覚えた。

どういうことなんだ……。

それでも最終的には、ロマの男と結ばれるつもりなのか。

「お疲れさまでございました」

はっとして顔を上げると、グンターがコーヒーカップを差し出すところだった。すでに事務官は退出している。仕事は終わったらしい。

オスカーは翻弄されている自分を苦々しく思いながら、熱いコーヒーを啜《すす》った。なにかマリカの真意を問いただせるようなきっかけはないだろうか。いや、真意もなにも、オスカーが求める答えは決まっている。実際マリカに伝えもした。二度と放さない、と。

……そうだ。あの指輪――。

目覚めたときに洞穴《どうけつ》にあった、彫金《ちようきん》の指輪を思い出した。紋章だと当たりをつけて、グンターにそれらしいものがないかどうか、調べるように言っておいたのだ。

マリカの持ち物なら、あの紋章の家との間に関係がある可能性がある。ヨナーシュも、マリカは拾い子だと言っていた。紋章の家が見つかれば、そこから攻めるという手もあるだろう。

「以前、一角獣をモチーフにした紋章の家があるか訊《き》いたはずだが、どうなった？」

「はい。一角獣を含む紋章を使用する貴族は、ヘルツェンバイン王国内に、わかっているだけでも三十四家ございます」

「三十四か……」

少なくはないだろうと思ってはいたが、けっこうな数だ。

「ブルジョア階級や私的なものを含めますと、おそらく三倍ほどになると思われます。近隣諸国にも――」

「わかった、もういい」

正直なところ、お手上げだ。完璧な紋章がわからないことには、特定は難しいということだ。

「とりあえず身近な貴族だけ書き出しておいてくれ。それから言うまでもないことだが、この件は他言無用だ」

「心得てございます」

一礼して退出していくグンターを見送ると、オスカーは胸の隠しから取り出した指輪を眺《なが》めた。

今さらマリカを諦《あきら》めることなんて、できるはずがない。すでに彼女は、自分の人生になくてはならない存在だ。

◆　◆

　フェルザーシュタイン城でオスカーに仕《つか》えて、ひと月半が経《た》とうとしている。

　通常、ヨナーシュ一座がひとつの街で興行するのは数日、王都のような人口の多いところでも半月だ。マリカがオスカーに召《め》し抱えられたことを差し引いても、半月ほどで次の街を目指すだろうと思っていたのだが、興行はまだ続いていた。

　そんなに観客がいるのだろうかと疑問だったが、領から補助金のようなものが出ていて、格安の観覧料で見られることから、けっこう賑《にぎ》わっているとのことだ。近隣の街からも客がやってくるほどらしい。貴族やブルジョアが個人的に一座を呼んで、自宅で宴を催《もよお》すことも流行《はや》り出していると聞く。

　初めは一日も早く一座に戻りたいと願っていたマリカだったが、次第にその気持ちも揺れ動くようになっていた。オスカーと過ごしていろいろなことを教えてもらい、興味深い経験をすることが楽しくなったのだ。

オスカーに対して、当初の傲慢《ごうまん》なだけではない面を知って、魅力的な好ましい人物だと思い始めたこともある。なにより彼は森で会った若者だという事実があり、密かに思いがけない再会を果たした嬉《うれ》しさもあった。

オスカーとあのときの若者の印象が重なってきたこともあって、興行を終えるまではオスカーの許《もと》で待とうという気になっていた。

しかし先ごろ、事態は変化した。

マリカは自分がオスカーに恋をしていたことに気づき、求められるままに肌を重ねた。突然の出来事ではあったけれど、マリカはそれを後悔していないし、むしろ嬉しく思っている。好きな相手と結ばれるのは、誰でも願うことだろう。

しかしオスカーは伯爵で、本来ならロマの娘風情のマリカがどんなに望んでも、情けを受けるどころか口をきくことも叶わない相手だ。

そう、とんでもない身分違いなのだ。

だから、身体の関係を持ったからといって、なにも期待するつもりはない。元からオスカーのちょっとした気まぐれで、期限つきで召し抱えられたに過ぎず、いつかはヨナーシュ一座に戻る身の上だ。

バルコニーに続く窓を開け、月明かりの差し込む居室で、オスカーはオルゴールに円盤を載せた。新しく入手したという盤は、マリカが初めて耳にするワルツだった。

オスカーが差し出した手を、マリカは当然のように受け、寄り添って踊り始める。オルゴールの音色に合わせてのダンスが習慣になって、マリカはいつしかステップも覚えてしまった。

「これならいつでも舞踏会へ行ける」

逆光になっては月光を浴びて浮き上がるオスカーの顔は、どことなく満足げだ。

「楽器の演奏に合わせたら、どうなるかわかりません。それに……そもそも舞踏会に出席できる立場ではありません」

「そうとは限らないぞ」

マリカは首を振って、バルコニーから見える月に目をやった。

「……っ、……オスカーさま……？」

ふいに抱きすくめられ、マリカは囁《ささや》きながらオスカーの胸に顔を埋めて、その匂いを深く吸い込む。

半ば持ち上げられてバルコニーへ連れ出され、頤《おとがい》に手をかけられた。月光を背にしたオスカーが顔を寄せてくる。

「……んっ……」

キスはたちまちマリカを酔わせ、唇が深く重なるにつれて、手すりに預けた背中が反っていく。オスカーのキスは少し強引で、熱っぽく刺激的だ。器用に動く舌で頬《ほお》の内側や上顎《うわあご》を撫《な》でられると、首筋や上腕までぞくぞくとするような疼《うず》きに見舞われる。

そんなマリカに気づいているのか、オスカーは粟立《あわだ》った肩や腕を宥《なだ》めるように手で触れてくるけれど、落ち着くどころかますます感じてしまう。

「……あっ……オス、カーさ……ま……」

唇が顎《あご》から喉を伝って、マリカの胸元に吸いついた。夏の暑さに対応する薄い綿ローンを重ねたドレスは、襟ぐりも大きく開いていて、胸の膨《ふく》らみが半分近く覗いている。吸いつかれたまま顔を動かされて、片方の乳房が露《あらわ》になった。

「あっ、ああ……」

濡れた舌が乳頭を撫《な》で上げる。それだけで、隠れているほうの乳首まできゅうっと尖《とが》った。そして、股間が痺《しび》れたように熱くなっていく。

「やっ……だめ……っ……」

灯《あか》りは点《つ》いていないが、バルコニーの人影は目につくだろう。顔を上げた歩哨《ほしょう》が、オスカーだと気づく可能性もある。

「だめ、だと？　どの口がそんなことを言う」

オスカーはドレスの裾をたくし上げて、ドロワーズ越しにマリカの太腿《ふともも》を撫で上げた。

「……あ……あ、あ……そんな……」

指が目指す場所がわかっているのに、抗《あらが》うよりも期待に胸が震《ふる》えた。官能の予感に先走った身体が、また熱を上げる。

ひた、と触れた指に、マリカは感じ入った呻《うめ》きを洩《も》らした。きっとドロワーズは蜜に濡れている。指が直《じか》に触れるよりも鮮明で、しかしもどかしい。

「見つけた。おまえの真珠だ……」

布越しに指で転がされて、膝から力が抜けていく。オスカーはそんなマリカの腰を抱いて、ドロワーズの紐《ひも》を解《ほど》くと直接指を這《は》わせる。しとどに濡れたそこは襞《ひだ》の奥にまで侵入を許し、二本の指がマリカの官能の在《あ》り処《か》を掘り当てようと蠢《うごめ》く。

「ん、あっ……」

鋭い快感が走った場所を、身体ごと浮き上がりそうになるくらいに強く擦《こす》られて、マリカは急速に追い詰められていった。

「あう、……そこ……っ、……あっ……」

ぐっと腰を持ち上げられ、指が引き抜かれたと思う間もなく、はるかに質量のあるものが押し当てられた。背中を手すりで支えられているとはいえ、足は床を離れて宙に浮いている状態だ。オスカーがマリカを抱く力を緩めると、自らの重さで怒張を呑《の》み込んでいくことになる。

抑えようもなく、マリカの口から細い悲鳴が洩れて尾を引いた。一度受け入れたくらいでは、まだオスカーの大きさには慣れなくて、圧迫感に息が詰まりそうになる。体勢も相《あい》まって、串刺しにされたような心地だった。

「ああ……いいな」

低い囁《ささや》きがマリカの耳朶《じだ》を擽《くすぐ》った。ため息交じりのその声が、オスカーが味わっている快感を伝えてきて、それがマリカを昂《たかぶ》らせる。

ゆっくりと刻まれる律動に合わせて、ひそやかな水音が夜のしじまに響いた。しかし次第にそれも気にならなくなるくらい、いつしかマリカは陶酔《とうすい》の中に引き込まれていった。

数日前から、フェルザーシュタイン城はやけに賑やかだった。出入りの商人の数が増え、使用人たちも場内を駆け回っている。厨房は昼も夜もなく火が焚《た》かれて、窓からは美味しそうな匂いが漂ってきた。

その理由をマリカが知ったのは、当日のことだった。久しぶりに姿を見せたカーラが、満面の笑みを浮かべている。

「旦那さまの誕生祝いの宴が開かれるんだよ」

「オスカーさまの？」

城内が活気づいていることを指摘しても、オスカーはなにも教えてくれずにとぼけていたから、まさかそんなことになっていたとは予想もしていなかった。

「え……どうしよう。お祝いなんて、なにも用意してないわ」

事前に知らされていたとしても、マリカが贈《おく》れるものなどたかが知れているし、オスカーは喜ばないかもしれないが、それでも祝いのしるしくらいは渡したい。

「あんたはきれいに着飾った姿を見せて差し上げればいいんだよ」

カーラの言葉に続いて盛装用のドレス、スカートを膨らませるクリノリンや小物を運んできた侍女《じじょ》たちを見て、それらがすべて自分のために用意されたものだと悟《さと》ったマリカは、後ずさって首を振った。

「……私はいいわ。というよりも、私が出るような場所じゃないでしょ」

「そりゃまあ、近隣の領主さまやら、お知り合いの貴族やらをお招きだけどね」

過日、一度だけ連れられて行った夜会を、否応《いやおう》なく思い出す。着飾った高い身分の人々の、ほとんど意味のわからない会話。上品な振る舞いや言動に圧倒され、自分がいかに場違いかを思い知らされた。

「マリカだって、めかしこめば充分にお姫さまだよ。そもそも旦那さまのお言いつけなんだから、宴に出ないなんてことは許されないだろう？　あたしたちだって、お叱《しか》りを受けちまう」

三人がかりで仕立て上げられ、鏡の前に立って自分の姿を映したマリカは、我ながらそのきらびやかさに目を瞠《みは》った。

涼しげな青緑のドレスは、裾に向かうに従って白くぼかされて、無数に縫《ぬ》い止められた水晶のビーズがきらめいている。透けるシフォンで花びらのように襞を寄せた袖が、少しの動きにも軽やかに揺れた。

鏝《こて》で巻いた銀髪は高く結い上げられ、ダイヤモンドとエメラルドをあしらった銀細工の櫛《くし》で飾られている。耳と首にも大粒のエメラルドが輝いていた。

最後に孔雀《くじゃく》の羽を使った扇を持たされて、満足げな顔をしたカーラに背中を押される。

「さあ、楽しんでおいで」

楽しむ、というのとは少し違うかもしれないが、たしかにマリカの心は躍っていた。それはたぶん、以前とはオスカーに対する意識が違うから——彼に恋をしているからだ。

宴の主役として振る舞う姿が見たい。少しでも長く彼と同じ場所にいたい。オスカーの誕生日を祝うなんて今回きりで、間もなくここを立ち去ることも間違いないのだから。

日暮れを前に続々とやってきた客人たちは、フェルザーシュタイン城の大広間に集まっていた。マリカは吹き抜けの大広間を囲む二階の通路にひっそりとたたずんで、その様子を見下ろしていた。下に降りて彼らに交じる気には、とてもなれない。オスカーの姿を見て、密かに誕生日を祝えれば、それでいい。

ふいに大広間がどよめいて、拍手が鳴り響いた。客たちの視線の方向を目で追うと、漆黒のテイルコートに身を包んだ長身が姿を現した。

オスカーさま……！

男性はみな同じような格好をしているのに、どうしてオスカーだけが際立っているのだろうと不思議に思うくらい、その姿に惚《ほ》れ惚《ぼ》れする。歩み寄って祝福する客たちに応じる態度も、堂々として優雅だった。

ふたりきりで過ごすうちについ忘れていたが、やはりオスカーは貴族で、こういう世界で暮らす人間なのだ。たまたまマリカに目を留めて興味を示しそばに置いたが、それが異例のことだったのだろう。

明らかに愁派《しゅうは》を送ってくる貴婦人にも、オスカーはにこやかに対応していた。手の甲にキスをするしぐさなど、さまになりすぎていて胸がざわつくのに見惚《みと》れる。少しずつオスカーを囲むようにドレスの輪が広がっていくのを、マリカはなすすべもなく遠くから見つめていた。

「今宵《こよい》はお集まりいただき、感謝いたします」

オスカーの挨拶《あいさつ》に、ざわめきが静まった。宴の主であることを差し引いても、人を惹《ひ》きつける力がある。

「いつも閑散《かんさん》とした城がこのように華やいで、私もまた楽園にでも迷い込んだような心地がしております」

あちらこちらで上品な笑いが洩れた。

「ささやかな宴ではありますが、どうぞお楽しみくださいますよう」

拍手の中、客のひとりがグラスを掲げた。

「フェルザーシュタイン伯爵の二十八歳のお誕生日を祝って」

乾杯を待って、音楽が流れ出す。

「マリカ、ここにいたの」

声に振り返るより早く、侍女に手を引かれた。

「こんなところにいたら意味がないじゃないの。旦那さまにご挨拶もまだなんでしょう？」

「あの、でも、私は……」

「いいから、早く」

階段を降りて、大広間の入り口で背中を押される。近くにいた客の視線を浴びて、マリカは怯《ひる》んだ。俯《うつむ》いて壁沿いに奥へと進む。はるか遠くにオスカーの姿が見え隠れしたが、とてもそばに近づく勇気がない。

夜会に連れて行かれたときに感じた住む世界の違いを、今また強く思い知らされる。ここはマリカの居場所ではない。選ばれた高貴な人間だけが、存在することを許される場所だ。

その証拠に、マリカはまったく楽しむことができない。それどころか、居たたまれない。注がれる視線にも、場違いなロマの娘だと気づかれて、好奇と非難を向けられているように感じた。

柱の陰に身を置いて、客の間からオスカーを目で追う。今のオスカーは、オスカーであってオスカーではない。ふたりでチェスをしたり、遠乗りに出かけたり、マリカを抱いたオスカーではない。

そして今の彼が、本来のオスカーなのだ。宴の賑わいを楽しみ、客との会話に笑顔を見せ、貴公子然として振る舞う。マリカとふたりでいるときには、あんなふうに生き生きと活気づいていることはない。

同じ空間にいながら、どんなに駆け寄ろうとして手を伸ばしても、永遠に届かない距離を感じた。それは身分という距離だ。

オスカーのほうからはマリカに近づくことも触れることも可能だけれど、それもいつまでのことか。そう遠くない未来に、本来の生活に戻るだろう。マリカの身体を手に入れたことで、すでに満足したかもしれない。

図《はか》らずもオスカーに恋をしてしまったマリカには悲しいことだが、自分が属する世界に戻ることはオスカー自身のためでもある。

ふと、緑色の瞳がマリカを捉《とら》えた。どきりとして立ちすくむマリカに向かって、オスカーが真っ直ぐに近づいてくる。その距離が縮むに従って、胸が高鳴っていく。

オスカーに道を譲るように左右に開いていく人波が、いったいなにが目当てなのかというようにマリカを振り返った。しかしマリカの目には、オスカーしか映らない。

ああ……オスカーさまが好き。胸が苦しくなるくらい……。

「よく似合う」

口端を上げて微笑するオスカーに見惚れかけ、我に返って礼を取った。

「……お、お誕生日おめでとうございます。あの……私、知らなくて……なにも差し上げるものが――」

手を取られて、マリカは顔を上げる。

「おいで。ワルツだ」

躊躇《ちゅうちょ》する間もなく大広間の中央へと連れ出され、背中を抱かれた。いつの間に始まったのかわからないほど自然にステップを踏み出したオスカーに合わせて、マリカもリードに身を任せる。

何組もの男女がダンスに加わり、マリカの視界を色とりどりのドレスやきらめくシャンデリアが過ぎっていく。それらを背景にして常に中心にある顔は、マリカをじっと見つめている。

「どこにいるのかと思えば、あんな上から覗いていて。降りてきたかと思えば、柱の陰に隠れていて」

「気づいてたんですか?」

ひっきりなしに挨拶しにくる客の相手をしていたから、オスカーはマリカに目を留める暇などないと思っていた。支度をさせたことも忘れているだろうとまで、思っていたのだ。では、侍女に呼びにこさせたのも、オスカーが命じてのことだったのだろうか。

「当たり前だろう。おまえがいなければ、こうして踊ることもできないのだからな。……なかなか巧《うま》いではないか。練習の成果があったな」

オスカーの部屋で家具を避けながらでは、そう大きく踊ることもないし、そもそもオルゴールの音色では、気持ちの入り方も違う。戯《たわむ》れのようなダンスだった。

しかし、拍子に合わせるという意味では、機械の規則正しい速度が思いがけず練習になったようだ。オスカーに遅れることなくステップが刻める。

それでもオスカーは大きな歩幅で他の踊り手の間を縫うように動くので、マリカはたびたび宙に浮くような心地になった。ドレスの裾が波のように翻《ひるがえ》って、足もとを風が吹き抜けるようだ。

けれど、楽しかった。まさかこんなふうに着飾って、人前でオスカーとダンスをすることがあるとは思いもしなかった。

自分とオスカーとでは身分違いだと重々承知しているし、身体の関係があったところで決

して公にはできないとわかっている。それを不満だとも思わない。一時そばにいられるだけでも、身に余る幸運だ。

願わくは、少しでも長くそばにいたい。少しでも長く、曲が続けばいい。

——が、ワルツが終わって、オスカーは手を解いた。胸が萎《しぼ》むのを感じながら、マリカは導《みちび》かれて踊りの輪を離れる。

気づけば何人もの貴婦人たちが、我先にと近づいてきた。

「伯爵、次は私と踊ってくださいな」

「あら、私が先よ」

口々に訴えて、一歩でも前に出ようとする女性たちを見て、マリカは夜会の夜を思い出す。あのときも、オスカーと踊ろうとする女性たちの争いが起こっていた。オスカーは適当にあしらって抜け出してしまったが。

しかし、さすがに今夜は振り切るわけにはいかないだろう。オスカーの誕生日を祝いに来てくれた客たちだ。

マリカはそっと離れようとしたが、オスカーが手を強く握る。

「申しわけない。今夜はこれで失礼する。どうぞゆっくりお楽しみください」

えっ……？

取り囲んだ貴婦人たちも呆気《あっけ》にとられていたが、マリカはそれ以上に驚いて、オスカーに手を引かれるままに後を追った。大広間を横切ってテラスへ向かう途中、マリカは強い視線を感じてその元を辿《たど》った。

……あ……――。

はっとするほど青い瞳をした美しい令嬢が、マリカを鋭く睨《にら》んでいる。豊かな金髪の巻き毛が眩《まぶ》しく輝き、真珠とルビーで花を形作った髪飾りが、それに負けないくらいきらめいている。真紅のドレスも、幾重にも重なったスカートがバラの花のようだった。

贅沢《ぜいたく》な衣装と、マリカと同じくらいの齢ながら堂々とした態度が、きっと大貴族の娘なのだろうと思わせる。

「……オ、オスカーさまっ……」

マリカは小声で呼ぶが、オスカーはまったく歩を緩めない。右へ左へ愛想よく笑顔を見せたり頷いたりはしているが、立ち止まる気配はなかった。

やがてテラスへと降り立ち、いくつも並んだベンチやテーブル席に落ち着くのかと思いきや、さらに階段を降りて庭へ踏み入る。大広間に面した庭は彫刻のある噴水や迷路のように刈り込んだ生垣《いけがき》になっているが、その先は手入れのされていない鬱蒼《うっそう》とした林だ。そもそもテラスまでしか明かりを点していないので、客はまず庭まで出てこない。

すでに足もとが暗く、マリカは石畳を踏み外しそうになりながら、オスカーに続いた。

「オスカーさま、待って、待ってください」

「この先に四阿《あずまや》がある。まだ見たことがないだろう。だいじょうぶだ。手を繋いでいるから、はぐれたりしない」

「そういうことではなくて——お客さまを放ってくるなんて……みなさん、オスカーさまをお祝いするために集まってくださったんでしょう？」

「用は済んだから、もういい」

なにが済んだというのだろう。少なくともダンスの順番待ちの列は、まったく捌《さば》いていないではないか。踊ったのがマリカだけだなんて、不満が出ないはずがない。それを目当てに訪れた女性も多いだろう。

さすがにマリカが側仕えのロマの娘だとはわからないだろうが、今夜の宴でダンスの相手をしたのがひとりだけでは、納得がいかないだろう。これで評判を落とすようなことになったらと思うと、マリカは気が気ではない。

大理石の四阿は三方が格子《こうし》で覆われているが、天井は梁《はり》だけで蔓草《つるくさ》の間から星空が見えた。

オスカーはベンチに腰を下ろすと、マリカを膝の上に載せた。

「今夜は月が見えないな」

そう言われて、月明かりのバルコニーでの情事を思い出し、マリカは恥ずかしさに俯《うつむ》きながらも胸をときめかせた。

「なにを考えている？」

オスカーの手がマリカの肘《ひじ》から肩を撫《な》で上げ、首飾りの下の肌に触れる。

「……っ、……オスカーさまがいつ大広間に戻るつもりなのかと……」

含み笑いが響いた。

「嘘だな」

唇をマリカの頰に押し当てながら囁く。

「だいたい戻る気はない。今夜はここで、星空を眺めることにしようじゃないか」

吐息に唇を擽《くすぐ》られ、マリカは目を閉じた。くちづけられて、身体から力が抜けていく。

オスカーのためを思うなら、今からでも大広間に引き返すように促《うなが》すべきなのに、せっかくできたふたりきりの時間を手放す気にはなれない。

ゆっくりと、しかし確実に口中を侵略されて陶然《とうぜん》とする。抗うことなど、もう頭の隅にも残っていない。

ドレスの上から乳房を揉《も》んでいた手が、肌との隙間に捩《ね》じ込まれてきた。指先で捉えた乳首をつまみ上げられて、甘美な震えが全身に広がっていく。

「あっ、や……そこ……っ……」

硬く尖っていく乳頭を、オスカーは柔らかく、ときに強く捏《こ》ねて、マリカを啼《な》かせた。

「吸わせろ」

仰け反ったマリカの耳に囁きが吹き込まれ、下から押し上げられた乳房がドレスの襟元からこぼれ出る。すぐに熱い粘膜に覆われ、吸い上げられながら舌で撫で回された。喘《あえ》ぐマリカの反対側の胸も、大きな手のひらの中で揉みくちゃにされる。ときおり嚙《か》まれ、指で捻《ひね》り上げられ、甘い痛みが心地よくてたまらない。

「あっ……オ、オスカー……さ、ま……っ……」

マリカがオスカーの肩に手を回すと、胸元で低い笑いが洩れた。

「ずいぶん感じるようになったな。どのくらい気持ちよくなっているか、調べてやろう」

何枚ものペチコートを重ねたスカートを、花が開くように捲り上げられ、ドロワーズの上から秘所をすっと撫でられた。

「ああっ……」

敏感になったそこが、そんな微細《びさい》な刺激ではもの足りないと、ねだるように震えるのを感じた。そんなあさましい思いが伝わったのか、オスカーはドロワーズを引き下ろす。足首を抜けるときに一緒に靴が落ちて、大理石の上に乾いた音を響かせた。

膝から太腿《ふともも》を這い上がってきた指が、マリカの薄い和毛《にこげ》を撫でる。もう焦《じ》らさないでほしいとかぶりを振った瞬間、媚肉《びにく》が割られた。

「ん、あっ……あ……」

触れられる前から蜜を蓄えていたそこは、オスカーの指を濡らすだけにとどまらず、掻き回されて溢《あふ》れ双丘《そうきゅう》にまで伝った。

「……ああ、指にまとわりついてくるな。ここも、こんなに膨らんで――」

「ひ、う……っ……」

先端の粒を指の腹で擦《こす》り上げられ、走り抜ける快感にマリカは腰を震わせる。オスカーは隘路《あいろ》から蜜を掻き出しては、マリカの真珠に塗りつけるように捏ね回し、息が詰まるほどの悦楽を与えた。

「……もっ……もう、だめ……っ……お願いっ……オスカーさま……っ……あっあっ……」

身悶《みもだ》えて哀願するマリカの腰を抱いて、オスカーは囁いた。

「いかせてほしいのか？」

声にならず、こくこくと頷《うなず》きを返す。

「……よし。こちらを向いて、俺の膝を跨《また》いで……」

ドレスでオスカーの下半身まで覆い隠すようにしながら、マリカはがくがくと震える腰を落とす。

「……ああっ……」

灼熱の楔《くさび》に埋め尽くされる感覚に総毛立ったマリカの腰を、大きな手が左右から摑んで揺らした。すでに快感に煮えていた蜜壺《みつつぼ》はたちまち沸騰し、湧き上がる悦びをこれ以上堪《こら》えきれない。

「……っ、……っっ……」

声もなく絶頂に硬直するマリカの露《あらわ》な胸に、オスカーは顔を埋めた。

「まだだ。何度でもいかせてやる」

しゃくり上げるように揺れる身体を、強靭《きょうじん》なバネが突き上げる。動きに合わせて乳房が揺れ、その刺激にまた感じてしまう。

仰け反って喘ぐマリカの視界で、無数の星が瞬いていた。

◆

◆

夜遊びも鳴りを潜《ひそ》めて、すっかり引きこもるようになったオスカーに、極端すぎるとグンターが誕生日の宴を勧めてきたので、その機会に客の紋章を確認することにした。

当日、一角獣の紋章を持つ客は七組いたが、そのどれもがブドウのモチーフは使っていなかった。ただ、女子用には竪琴《たてごと》のモチーフを添えるという家があって、そういう使い方もあるのかと新たな捜索の目安にはなった。

しかし収穫と言えるほどのものはなく、早々に会場から姿を消したことでグンターに小言をもらい、つまらない宴ではあった。唯一楽しかったのは、ちゃんとした演奏でマリカとワルツを踊れたことだろう。マリカがどんな貴婦人よりも軽やかに羽根のように踊ると、あの中の何人が気づいただろう。

オスカーは元からマリカ以外と踊る気はなかったが、あの場に残っていては、過日の夜会のときのようにマリカにダンスを申し込む者が現れるのは必至で、それを避けるために大広間を抜け出した。たとえ公的な場でのダンスだろうと、マリカの身体に他の男が触れるなど我慢ならない。

ふたりきりになると、自然にマリカの身体に手が伸びる。これほど衝動が抑えられないのは初めてのことで、正直自分でも驚いている。

自慢ではないが、十代半ばで女を知って以来、さまざまな相手とあらゆる状況を体験してきて、情事に対する関心は薄れていた。近ごろは自分から接触を試みることもなくなり、誘われてその気になったら受ける程度で、夜遊びの大半は盛り場の雰囲気を楽しむだけの暇つぶしだった。

経験のなかったマリカが、二、三度抱かれたくらいで性戯に長《た》けるはずもなく、肉体の単純な快感を考えるなら、特別なことはないもない。それなのに、困惑《こんわく》と悦びが入り交じった表情や、堪《こら》えきれずに洩れる声が、オスカーをひどく夢中にさせる。もっと啼《な》かせたい、乱れさせたいと思ってしまうのだ。

特にここのところ、気づけばじっと見つめてられていて、銀糸の睫毛《まつげ》に縁取られた灰色の双眸《そうぼう》に胸がときめく。視線が合うと狼狽《うろた》えるように目を伏せるしぐさが愛らしく、しかし目を離すなと言いたくもなる。

「失礼いたします」

事務官と入れ替わりに執務室に入ってきたグンターが、一通の書状を差し出した。

「ルーデンベック伯爵からでございます」

ルーデンベック伯爵家はベーレンリンクの南に領地を持ち、フェルザーシュタイン家と同じく古い家柄だ。たしか十五年ほど前に先代夫妻が事故で急逝し、弟が爵位を継いだ。先日の宴にも出席していたはずだ。

「ん……？」

封蠟《ふうろう》の紋章を見て、オスカーは片眉を上げた。

「……そうか。この家も一角獣だったな」

おそらく早いうちに挨拶を交わし、紋章も確認したもののブドウらしきものはまったくなかったから、すぐに記憶から外してしまったのだろう。

「伯爵とご令嬢がお見えでした」

「ああ、そうだった」

言われて思い出す。二十歳前くらいの娘だったが、ずいぶんと派手にめかしこんでいた。

「それで、わざわざなんだ？　礼状なら信書にする必要もあるまいに」

中身を開くと、宴のもてなしの礼と、今さらの自己紹介、さらに娘のヴァルトルーデについて、延々と書き連ねてある。察しがついたオスカーは途中で読むのをやめて、手紙をグンターに渡した。

「これは……」

「持って回った書き方だが、つまりは縁談の申し入れということだろう。一人娘だそうだが、ゆくゆくは俺にルーデンベック伯爵も任せたいということかな？」

女伯爵の存在も皆無ではないが、たいていは夫が爵位も兼ねることになる。そうやって領地を拡大していく貴族も多い。複数の男子が生まれれば、再び爵位と領地を分け合う。

グンターは頭の中の抽斗《ひきだし》を探るように視線を宙に向けた後で、オスカーに向き直ってモノクルを押し上げた。

「当代伯爵が治めるようになってから、領民への取り立てが厳しくなったと聞いております。逃げ出した領民も一割ほどになるとか。他家の台所事情など詮索《せんさく》すべきものではありませんが、当家の力を頼みにしたいというお考えかもしれません」

「押しつけられた上にそれでは、まったく気が乗らない」

「では、丁重にお断りしておきましょう」

常々結婚をほのめかすグンターがあっさり引き下がったことからして、家同士の縁談としての旨味はないということなのだろう。

が、紋章の件は気になる。女子用のものや個人的に使っているものがあるのかどうか、確かめるだけはしておきたい。

「いや、待て。一度招待しよう。手紙で断るというのも素っ気なさすぎて、後で恨まれても厄介だからな」

オスカーの言葉に、グンターは意外そうな顔をした。

返信を出して数日後には、ルーデンベック伯爵の娘が召使いを引き連れてやってきた。あまりの早さに、内心オスカーは呆《あき》れ返りながらも丁重に迎える。

「ヴァルトルーデでございます。本日はお招きいただいてありがとうございます」

十八歳のヴァルトルーデは豊かな金髪を結い上げて、絹シフォンで作ったバラを飾っている。その数が多すぎて、花束を頭に載せているようだ。瞳と同じく目の覚めるような青いドレスは、日中の衣装にしては襟元が開いていて、胸の谷間がくっきりと覗いていた。

「ようこそ、ヴァルトルーデ。先日はあまり話もできなかったのに、丁寧な挨拶状をありがとう」

「あら、そんな。当然のことですわ。あの、他のお客さまはいらっしゃらないのですか？」

「ご招待したのはあなただけだ。レディとしては、男とふたりきりでは都合が悪いかな？」

「いいえ！」

上機嫌のヴァルトルーデをテラスへ招く。サロンで過ごす予定だったが、早くも香水の匂いに辟易《へきえき》していた。外ならまだましだろう。

チョコレートのトルテやクロスグリのパイ、鴨肉のパテを挟んだサンドイッチなどを並べたテーブルに、向かい合って座る。

マリカは侍女に交じって茶の給仕を務めていたが、ヴァルトルーデは宴でオスカーと踊った娘だと気づいていないようだ。そもそも貴族は使用人を気にかけたりしないし、目の前のオスカーにしか意識が向いていないのだろう。

マリカのほうは、心なしか表情が硬い。オスカーとしては特に説明する必要も感じられず、そのままにしていたのだが、ヴァルトルーデが個人的に招いた客だと知って、戸惑《とまど》っているようだ。

おまえがなにも言わないから、こうして調べているのではないか。

胸の中で呟《つぶや》いてマリカを見たが、オスカーの視線に気づくと、灰色の瞳は泳ぐように逸《そ》らされた。

まあいい、と背後に佇《たたず》むマリカの気配を感じながらヴァルトルーデに呼びかける。オスカーの話を聞いていれば、その意図にも気づくかもしれない、

「しかし、手紙をいただくとは思ってもみなかった。あなたのように美しい令嬢なら、求婚者も絶えないだろう？」

「まあ、伯爵、なにをおっしゃるの」

ヴァルトルーデは赤く塗った唇を尖らせた。

「愛のない結婚なんて、考えただけでもぞっとします」

「そうかな？　貴族同士の結婚は、家と家を結びつける手段だろう？　恋愛は夫婦以外でするものではないか」

「それでも私は嫌です。恋しい相手と結ばれたいわ」

……なにを恋しく思うものかな？　金か、地位か、権力か。

そもそもオスカーのなにを知っているというのだろう。顔を合わせたのも数度、まともに話すのは間違いなくこれが初めてだ。

「では、あなたについて知りたいのだが……」

「ええ、なんなりと」

「十八歳、お生まれもご領地か？」

「はい、お城の近くの館で。父が爵位を継いで、家族でお城に引っ越しましたの。ルーデン

ベック城も美しい城ですのよ。ずいぶんと古くて――」

「ああそうだ。先代はあなたの伯父上《おじ》に当たるのだったな。まだお若かっただろうに、残念なことだ」

「避暑地へ向かう途中で、馬車が大破したのですって。伯父さまも伯母《おば》さまもお亡くなりに……私はまだ三歳でしたから、当時のことは話に聞くだけなのですけれど」

言われてみれば、十八歳のヴァルトルーデが事情に詳しいはずもなく、すでにオスカーも知っていることを聞くにとどまった。

「先代夫妻にお子はいらっしゃらなかったのか？」

「それは……」

ヴァルトルーデはトルテを切り分けていた手を止めて、口元を覆った。

「女の子がいましたの。フロレンツィアといって、私のひとつ下でしたわ。二歳になる前に何者かに攫《さら》われて――」

オスカーはその符合に聞き耳を立てた。先代ルーデンベック伯爵の娘フロレンツィアが攫われ、マリカは物心つく前に拾われた――。

いや、待て。ヨナーシュが、マリカを拾ったのはオーストリアだと言っていた。いくらなんでもそんな偶然があるものか。

マリカに夢中になっているせいか、焦《あせ》りすぎだ。なんでも彼女に結びつけようとしてしまう。

「数日後、フロレンツィアが来ていた服に臓物が包まれて、城の中庭で発見されたそうです。ああ、なんて恐ろしいこと……それを知って、伯母さまはお心を病んでしまいました。お気の毒に」

それにしてもなにかが引っかかる。聞けば聞くほど、マリカとフロレンツィアが重なってくるのだ。年齢的にも合致するせいだろうか。

しかし、本当にフロレンツィアは死んでしまったのだろうか。遺体ならともかく、臓物では特定は不可能だ。人間のものだったかどうかも怪しい。

考え込んだオスカーに、ヴァルトルーデは脅《おび》えるように胸の前で両手を握る。胸の膨らみがぐっとせり出した。

「ルーデンベック家は呪われているなんて噂もあって……怖いわ、私。それでなくても物騒な世の中でしょう？　近ごろは得体の知れないロマもうろついていますし」

「ロマはともかく、物騒だというのは同意する。俺も春先に野盗に襲われてけがをした。そのとき、手当てをして介抱してくれた人がいたのだが、朦朧《もうろう》としていて顔を見ていない。若い女性だったと思うが、意識が戻る前に立ち去ってしまっていて、礼も言えなかった。きっと勇敢《ゆうかん》で、心根の優しい人だったに違いない」

とりあえず紋章の件について確かめることにし、懐《ふところ》にあった指輪を取り出して、ヴァルトルーデに見せる。

「おそらく彼女が落としていったものだと思う。これを頼りにその人を探している」

指輪を覗き込んだヴァルトルーデは目を瞠《みは》った。

「……伯爵、憶《おぼ》えておいでででしたの」

「え？」

ヴァルトルーデは顔を上げて、にっこりとした。

「それは、当家の女子が私的に使用する紋章ですわ。ほら、このハンカチにもありますでしょう？」

レースで縁取られたハンカチが、テーブルに広げられる。そこには一角獣とひと房のブドウを蔓冠《つるかんむり》で囲んだ紋章が刺繍されていた。配置は指輪と同じだ。

やはり間違いない。この指輪はルーデンベック伯爵家のものなのだ。

……では、マリカは……――。

鼓動を速めるオスカーに、ヴァルトルーデが身を乗り出した。

「その指輪を落としたのは、私ですわ」

……なに？

オスカーは、得意げな顔でそわそわとしているヴァルトルーデを見つめた。

この装飾過剰で香水臭い女が、あのときの？　ありえない。

　オスカーの中では、森の女とマリカは同一人物として決定づけられている。さまざまな条件も合致して、疑いようがない。

　それをぬけぬけと偽称するヴァルトルーデに怒りを覚えたが、どういうつもりでいるのかと様子を見ることにした。

「……では、あなたが俺を助けてくれたのか？」

「ええ、ええ！　そうですわ」

　オスカーが信じたとみて、ヴァルトルーデは勢いづいて頷いた。

「ああ、やはりこんなに素晴らしい女性だったか。きっと身も心も美しく、慈愛に溢れた方に違いないと思っていたが」

「まあ、褒《ほ》めすぎですわ伯爵。当然のことをしたまでですのに」

　とんだ茶番だと思いながら、オスカーはやり取りを続ける。

「しかし貴族の令嬢が、なぜあの時間にあんな場所に？」

「そっ、それは……舞踏会の帰りに、侍女が体調を崩してしまって、馬車を停めて休憩していましたの。ずいぶん遅くなって、はらはらしていたのですけれど……でも、それで伯爵をお見かけして手当てすることができたのですから、幸いでしたわ」

　やけに助けたと強調してくるヴァルトルーデだが、果たして彼女の中ではどういう情景が浮かんでいるのだろう。せいぜい街道沿いのようだ。

「それは侍女にも感謝せねばなるまいな。道端の目につくところに寝かせておいてくれたおかげで、翌朝すぐに城の者に発見され、帰ることができた」

「あ……申しわけございません。できればお連れしたかったのですけれど、馬車が二人乗りで……」

気にするべきところはそこではないと、内心オスカーは嗤《わら》った。事実とはまったく違う話をしても合わせてくるヴァルトルーデに、やはり森の女ではないと再確認する。

「とんでもない。あなたこそが恩人だ。ずいぶんと遅くなってしまったが、心から礼を言う。ずっと会いたいと願っていた。それを取り持ってくれたこの指輪を、記念として返さずに持っていてもいいだろうか？」

ヴァルトルーデの手を取ると、彼女はほっとしたように握り返してきた。

「もちろんですわ」

長く伸びた爪が甲に食い込んで、オスカーはつくづく好みに合わない女だとうんざりする。

しかしそんな態度はおくびにも出さず、笑みを返した。

◆

◆

テラスでのそんなふたりの様子を、マリカは離れた場所から見守っていた。

オスカーが森でけがを手当てしてくれた相手に強い思いを残していることは、それまでに直接話を聞いて知っていたが、機会を逸してからは、それが自分だと名乗ることをやめてしまった。森の妖精だなどと美化されてしまい、とても言い出せなくなっていた。それがマリカだとわかったら、きっとがっかりすると思ったのだ。

あの指輪……オスカーさまが持っていたのね……。

マリカが打ち明けない以上、わからないままだと思っていたのに、オスカーは指輪を拾い、それを手掛かりに森の妖精を探していたらしい。森の妖精に対するオスカーの執《しゅう》念《ねん》と言ってもいいほどのようだ。

そして、あの指輪に刻まれた模様は、ルーデンベック伯爵家の紋章のひとつだという。ヨナーシュにはマリカが持っていたものだと聞かされていて、自分の出自に関係があるのではと大事にしていたが、きっとなにかの偶然で手に入れたものなのだろう。マリカと伯爵家が関係あるはずもない。

しかし、ヴァルトルーデが森の妖精だと名乗り出たことには驚いた。しかもオスカーはそれを信じて、ヴァルトルーデに強い興味を持ったようだ。ずっと探していた相手が見つかったと思っているのだから無理もないことだが、マリカはひどく心が痛んだ。

それは私なのに……。

その気持ちもあるが、なによりオスカーとのかけがえのない思い出を奪われたような気がして悲しい。

テラスでのお茶の後も、オスカーはヴァルトルーデを伴って城の中を案内していた。大仰にはしゃぐヴァルトルーデの声がサロンや音楽室で響き、オスカーが奏でるヴァイオリンの音色が響くに至っては、もうマリカにそれを聴かせてくれることはないのではないかと寂《さび》しくなった。

しかし、来るべきときが来たのだと自分に言い聞かせる。オスカーとマリカでは身分が違い過ぎて、たとえ肌を合わせても、それ以上の関係にはなれない。そもそもオスカーにそんな気はないだろう。

オスカーが伴侶として選ぶのは、あるいは公言できる恋人にするのは、同じ貴族の姫君と決まっている。ルーデンベック伯爵家が貴族の中でどの程度の位置にあるのか、マリカにはまったくわからないが、ヴァルトルーデを森の妖精だと信じている以上は、多少つり合いが取れないとしても、きっと彼女を花嫁候補とするだろう。

オスカーさまが、あのお姫さまと……？

しかたがない。もともとマリカの恋は片想いだ。たとえ森の妖精がマリカだとわかったとしても、なにも変わらない。今より可愛がってくれることがあっても、オスカーがマリカを伴侶とすることはない。天地がひっくり返っても。

マリカが願えることは、少しでも長くオスカーのそばにいることだけだ。一座がこの地を発つときが、オスカーとの別れになる。

それまで、できるだけ一緒に過ごしたい。

――しかし、そんなマリカの望みも叶わなくなってきた。

以後、ヴァルトルーデはたびたびフェルザーシュタイン城を訪れるようになり、オスカーもまた彼女をもてなした。マリカと過ごしていても、ヴァルトルーデが到着すると、オスカーは彼女につきっきりになる。

ヴァルトルーデは派手で賑《にぎ》やかなことが好みらしく、オスカーは彼女の希望に応えて管弦楽団を招いて音楽会を開いたり、役者を招いてオペラを上演したりした。

オスカーは一度、ヨナーシュ一座を呼ぼうと提案したらしいが、ヴァルトルーデは「ロマの芸など見たくありません」と一蹴したと、ヴィートを贔屓《ひいき》にしている侍女が腹立たしそうに言っていた。

マリカは侍女のひとりとしてたいていの場に控えていたが、必ずヴァルトルーデがオスカーの隣に伴侶然として座っているので、他の招待客たちもふたりをそういう目で見ているのだろう。以前のように貴婦人や令嬢たちがオスカーに接近することもなくなっていた。

演奏やオペラが目の前で繰り広げられていても、マリカの意識はそちらに向くことはなく、席の中心に並んで座るふたりを見つめるばかりだった。

その日はサロンで過ごしていたオスカーとヴァルトルーデだったが、ヴァイオリンが聴きたいとねだられて、マリカはオスカーの自室に楽器を取りに行った。ヴァイオリンを手渡すと、オスカーは調弦を始める。

「ロマの娘なのですってね」

ふいに言われて目を向けると、ヴァルトルーデが睨《にら》んでいた。

「ひとりだけ侍女とは違うドレスを着ているし、田舎から行儀見習いに出てきた娘だなんて言う者もいたけれど、技芸一座の踊り子だそうじゃないの。ああ、嫌だ。そんな娘と同席するなんて初めてよ」

「……申しわけありません」

マリカは一礼して下がろうとしたが、「ちょっと待ちなさい」と鋭い声がかかった。びくりとして振り返ると、ヴァルトルーデが片眉をつり上げてマリカを凝視する。

「その銀髪……そうだわ。思い出した。オスカーの誕生祝いの宴で、ダンスをした娘ね？なんて図々《ずうずう》しいの！　あんなに着飾って、貴族のふりをして――」

「よさないか、ヴァルトルーデ」

オスカーが割って入ったが、それがヴァルトルーデには気に入らなかったらしい。

「オスカー、あなたが優しすぎるからつけ上がるのよ。お部屋にまで自由に出入りさせるなんて、不用心ではなくて？　私たちとは身分が違うのだということをはっきり示さなくては、こういう者たちはいくらでも図に乗るわ」

「宴での件は俺の指示だ。側仕えとして雇っているから、マリカはそれに従ったまでのこと。きみが気にすることではない」

「フェルザーシュタイン伯爵ともあろう方が、ロマの娘を側仕えにするなんてふさわしくないわ。名前で呼ぶのまで許して……とにかく——目障《めざわ》りなのよ」

ヴァルトルーデの声に重なるように、鋭いヴァイオリンの音が響いた。はっとした顔をするヴァルトルーデに、オスカーは口元だけで薄く微笑む。

「たかが側仕えだろう。さあ、そんなことより準備ができた。なにを聴かせようか？」

ヴァルトルーデが取り繕《つくろ》うように曲名を告げると、オスカーは頷いてヴァイオリンを奏で始めた。

マリカを庇《かば》ってくれたようにも思えたが、同時にオスカーにとってマリカは側仕え以外のなにものでもないと知らされた。ヴァルトルーデを諌《いさ》めたのは、使用人のマリカを貶《けな》されたことで、主である自分まで非難されたように感じて気に入らなかったのだろう。

しかし使用人としてであっても、まだマリカを手放す気はないのだとわかって、ほっとしてもいた。そばにいられる、姿を見て、声が聞ける、それだけでもいい。

ヴァルトルーデが訪れるようになっても、オスカーに身体を求められることはあった。長椅子に並んで座り、オスカーの低くよく通る声が朗読する恋物語に耳を傾けていたマリカは、肩に回された手が胸元に触れるのを感じた。

「——ウィリアムはエリザベスの部屋の窓の下に佇《たたず》み、彼女の名を呼んだ。二度、三度。軽い靴音が近づいてきて、バルコニーから人影が覗く——」

戯《たわむ》れるようにドレスの襟元と素肌の隙間《すきま》を撫でる指先に意識を奪われ、マリカはもう物語の内容が頭に入ってこない。

「『ばあやは出ていったわ。ウィリアム、今のうちに』差し伸べられた優美な指に、ウィリアムは自分の手を伸ばし——……」

ふいに途切れた声に、マリカは一拍遅れて気づき顔を上げる。オスカーが口端を上げていた。

「やめだ」

「え……」

マリカが上《うわ》の空《そら》になっていたのに気づいたのだろうか。戸惑っていると、本をテーブルに置いたオスカーはマリカに躍りかかり、長椅子に押し倒した。受け止めた重みに一瞬息が詰まるが、そのしっかりとした肩に我知らず手を回してしまう。

「朗読よりもおまえが抱きたい」

「オスカーさま……」

ぐっと襟を押し下げられ、半分以上露《あらわ》になった乳房の間に、オスカーが鼻先を埋める。熱い吐息を感じて、胸の膨らみがしっとりと汗ばんでいく。

「おまえだって嫌じゃないだろう？」

甘く唆《そそのか》すような囁きに、マリカは小さく答えた。

「……はい」

ドレスの肩が引き下ろされ、こぼれ出た胸にむしゃぶりつかれる。突然の強い刺激にもマリカの身体は敏感に応じて、吸い上げられた乳首がきゅうっと硬くなった。同時に絡みつく舌の感触に、震《ふる》えるような快感が湧き上がる。

胸を舌で愛撫《あいぶ》しながら、オスカーの手はドレスのスカートに忍び込んできた。ドロワーズ越しに秘所を撫でられ、そこがじっとりと密に濡れていく。

喘《あえ》ぐマリカの薄く開いた唇に舌が差し入れられ、誘われてマリカも舌を伸ばした。舌同士の戯れをなぞるように、オスカーの指は直《じか》に媚肉《びにく》を弄《もてあそ》ぶ。ふたつの場所から秘めやかな水音が、しんとした室内に響いた。

「……んんっ……」

呻《うめ》いたマリカの反応に、蜜壺《みつつぼ》を嬲《なぶ》る指が増える。内壁を掻き回される快感に、マリカは翻《ほん》弄《ろう》されながらも酔った。

オスカーの愛撫は、強引でありながら細やかだ。マリカが本気で嫌がるようなことはしないし、痛みを感じるようなこともしない。

マリカのほうも最近はなにをされても悦びを感じてしまい、こうして交わっていると愛する者同士の営みだと勘違いしてしまいそうだ。

……でも、違う……。

隙間から吹き込む風のように、マリカの心がすうっと冷えた。ともすれば火照《ほて》った身体の熱まで奪われてしまいそうだ。

たとえどんなに優しく抱かれようと、そこに愛情の欠片《かけら》があるように思えようと、オスカーが選ぶのはマリカではない。

指を食《は》んだ隘路《あいろ》が絶え間ない震えを繰り返し、退いていこうとする指を引き止めるように絡みつく。それに気づいたオスカーは、含み笑ってマリカの首筋にキスをした。

「もっとおまえが好きなものを入れてやろう」

スカートを捲《まく》り上げられ、露になった下腹に、前立てを緩めたオスカーが腰を進めてきた。

熱く硬い怒張が蕩けた媚肉に触れる感触に、マリカは息を詰める。

「……んっ、うう……っ……」

分け入ってくる圧迫感を感じながら、呆気《あっけ》なく声が洩れる。肉の悦びと、今はオスカーが自分だけに意識を向けているという嬉しさと、――それがいつか失われるという脅《おび》えと。

おそらく貴族の娘であるヴァルトルーデには、正式な夫婦となるまで手は出せないのだろう。だからこうしてオスカーは、今もマリカを抱く。

……それでも、いい……。

マリカは広い背中に両腕を回し、激しく突き上げてくる動きに同調する。

「待ち遠しいな……」

ふいにこぼれた呟きに、マリカはオスカーの胸の中で目を開いた。

やはりこうしてマリカを抱きながら、オスカーはヴァルトルーデとの未来に想いを馳《は》せているのだろう。

いや……でも、本当は嫌……オスカーさま……っ……。

しかしいくら願っても、叶うことのない望みだ。だから、せめてこうしている間は自分だけを見てほしくて、マリカは抱きつく力を強める。

「どうした？　もう降参か？」

甘い笑いを含んで囁《ささや》くオスカーの首筋に、マリカは額を擦《こす》りつけた。

「……もっと……もっとしてください……」

手近で自由にできる代用品でしかなくても、その時間だけはオスカーはマリカだけのものだった。

前触れもなくルーデンベック伯爵を伴ってヴァルトルーデが訪れたとき、オスカーは急な外出で不在だった。

「これはこれは、ようこそおいでくださいました。あいにく主は商工ギルドの会議に出ておりますが、帰城までおくつろぎください」

グンターが出迎えてサロンへと案内する。

ルーデンベック伯爵は白っぽい金髪に口ひげをたくわえ、鋭い目つきをしていた。ちらりと目を向けられ、マリカはどうにも恐ろしさを感じて、礼を取ってすぐさま階段へと引き返した。

それにしてもルーデンベック伯爵までやってきたということは、いよいよ縁談がまとまろうとしているのだろうか。

オスカーの居室で、マリカが考え込みながらヴァイオリンに松脂《まつやに》を塗っていると、音を立てて扉が開いた。オスカーが帰ってきたのかと思って長椅子から立ち上がったマリカは、戸口にヴァルトルーデの姿を見て狼狽《うろた》えた。

「……い、いらっしゃいませ……」

「いらっしゃいませ？　まるで家人気取りね。主の部屋で座っているなんて、いったいどういうつもりなの？　いい加減にしてほしいわ」

燃え立つ夕日のような色のドレスに身を包んだヴァルトルーデは、マリカを憎々《にくにく》しげに睨んだ。

「も、申しわけありません……」

ヴァイオリンを置いて戸口に駆け寄り、ヴァルトルーデに頭を下げて部屋を出ていく。

「いつになったら出ていくの？」

小走りに廊下を進むマリカを、声が追いかけた。反射的に立ち止まって振り返ると、ヴァルトルーデがドレスの裾を絡げるようにして迫ってくる。

「本当に下賤《げせん》の者は図々しいわ。なにが望み？　もうさんざんお城から盗んでいるのではなくて？」

「そんな……決してそんなことは――」

「では、なんなの？」

目の前に立ったヴァルトルーデが押すように歩を進めてくるので、マリカはかぶりを振り

ながら後ずさった。

「まさかおまえ……オスカーの妻になれるなんて考えているわけではないでしょうね？　少しくらいきれいだからって、思い上がるのもいい加減になさいよ。おまえは平民以下のロマなの！」

そんなことは言われるまでもなくわかっている。大それたことなど望んでもいない。ただ少しでも長く、オスカーのそばにいたいだけだ。しかしそれすらも、許されないことなのだろうか。

ヴァルトルーデには可能だった。伯爵令嬢の彼女には、人目をはばかることなくオスカーと歩くことも、彼の妻となることもできる。それにヴァルトルーデは森の妖精だと、オスカーに思われている。

「なんなの？　その恨めしそうな顔は。本当に気に入らないわ！」

「あっ……！」

突然胸を突かれ、マリカは仰向けに反り返った。ぐるりと回った視界に、階段のシャンデリアがきらめく。階段の縁まで追い詰められていたと気づいたときには、激しく段を転がり落ちていた。

目が覚めると、見慣れない天井があった。これといった装飾もなく漆喰《しっくい》で塗り固められていて、部屋も狭い。

ここは……？　私はどうなって——。

「気がついたかい？」

ひょいと覗き込んできた顔はカーラで、マリカの手を握る。

「ああ、よかった。急かすようだけど、ちょっと起き上がってごらん。どこか痛かったり、折れたりしてないかい？」

「え……？　ええ……」

カーラに手伝われながらベッドの上に身体を起こすと、軽く眩暈《めまい》がした。室内にはマリカが今寝ているベッドの他に、チェストと椅子がある。

「ここは……」

「あたしの部屋だよ。あんたは階段から落ちたんだ」

言われて記憶が蘇《よみがえ》った。ヴァルトルーデに責められながら階段の縁へ追いつめられ、突き飛ばされたのだ。落下時の恐怖を思い出して、マリカは両手で自分を抱きしめる。

「ああ、打ち身で青くなっちまったね。可哀想に。他はどうだい？　ちゃんと動くかい？」

肘《ひじ》を撫でるカーラに、マリカは首を振った。

「平気みたい。けっこう頑丈にできてるから、心配しないで。カーラがここに運んでくれたの？　ベッドを使っちゃってごめんなさい」

「なに言ってるんだよ」

カーラはマリカの髪を整えながら、顔を歪《ゆが》ませる。

「途中から見てたのに、助けてやれなくてごめんよ。しかしまあ、なんて恐ろしい姫さまだろう」

「しかたがないわ。ロマの娘がオスカーさまの近くをうろついているから、不愉快なんでしょう」

「あたしはあんたがいい子だって知ってるし、旦那さまが気に入ってらっしゃるのも当然だと思ってるよ。はっきり言って、あんな姫さまよりずっといい。けどね、マリカ――」

カーラは言い聞かせるようにマリカの手を握った。

「人には生まれついたときから分《ぶ》ってものがある。どんなに願っても叶わないこともあるし、諦めなきゃならないときもある。とにかく、まずは自分を大切にして、危ないものには近づかないことだよ」

マリカとオスカーの関係がどうなっているか、城内の者は知っていて見ないふりをしている。主であるオスカーの意向に従うのが彼らの役目だからだが、ヴァルトルーデと同じように不快に思っている者もいるだろう。

そんな中で、親身な忠告をしてくれるカーラに、マリカは頷《うなず》くしかなかった。

「……わかってるわ。助けてくれてありがとう」

休んでいるようにと言い残して、カーラは仕事に戻っていったが、マリカもすぐに部屋を出た。オスカーのヴァイオリンをそのままにしてきてしまったことを思い出したのだ。

侍女の部屋は三階の奥まった場所にあり、マリカは廊下を進んで目についた階段を降り始めた。大きな支障はないもののあちこちが痛んで、手すりを掴んでそっと一段ずつ降りていると、下方から話し声が聞こえた。

「まったく、肝が冷えたぞ」

「その話はもういいでしょう？　けがもなかったのだし」

マリカはびくりとして足を止めた。不機嫌に言い返したのはヴァルトルーデの声だ。ということは、もうひとりは父親のルーデンベック伯爵だろう。

そっと窺《うかが》うと、踊り場に設《もう》けられたバルコニーにふたりの姿があった。マリカは柱の陰に潜《ひそ》んで、聞き耳を立てる。

「当たり前だ。オスカーのお気に入りの娘にけがなどさせてみろ。縁談がふいになる。せっかくここまで順調に運んできたものを」

「だって気に入らないのだもの！　あんな下賤の娘をそばに置いておくなんて、オスカーもどうかしているわ」

うに声を落とす。

「ヴァルトルーデ、声が大きい」

怒りに興奮した様子のヴァルトルーデを、ルーデンベック伯爵が諫《いさ》めた。そして宥《なだ》めるよ
「しょせんは遊びだろう。誰がロマの娘などに本気になるというのだ」

「それでも嫌なものは嫌なのよ。あんな娘と比べられると思うだけで我慢ならないわ」

「選ばれるのはおまえに決まっている。いや、初めから勝負にもならない。なにしろおまえは、オスカーの命の恩人なのだからな」

低くほくそ笑む声が聞こえた。

「話を合わせたら、まんまと信じてしまったわ。よほど助けてくれた相手に入れ込んでいたようね」

ヴァルトルーデも機嫌を直したようで、どこか誇らしげな声だ。

「とにかく、もう少しの辛抱だ。結婚してしまえば、この城も領地もわしのものになる。おまえも好きなようにすればいい。気に入らなければ、オスカーも娘も煮るなり焼くなり――いや、むしろそのほうが好都合だ」

「そうね。夫にするのも悪くないと思っていたけれど、宴で無視された屈辱は忘れられないわ。それに、ロマの娘に触れた手で触られるのなんて、まっぴらよ。用が済んだら消えてほしいわ」

……どういうことなの……？

マリカは愕然《がくぜん》として、震えながら階段を上った。ふたりの会話の断片が、頭の中で繰り返される。

ルーデンベック伯爵とヴァルトルーデは、オスカーの爵位と領地を狙って縁談を進めようとしているのか。貴族の結婚は財産や地位を目当てのものも少なくないと話には聞いていたが、今しがた耳にしたのは、どう考えてもそれだけではない。

用が済んだら消えてほしい、って……それって……。

フェルザーシュタイン伯爵家と縁を結んだ暁《あかつき》には、オスカーの命を奪うつもりなのだろうか。

オスカーはすでに両親もなく、兄弟もいない。マリカには爵位がどうなるかなどまったくわからないが、財産や領地を手に入れることはどうとでもなるのではないだろうか。そもそも勝算があるからこそ、ルーデンベック伯爵は計画を立てたのだろう。

……オスカーさまが……危ない……。

予想もしなかった計略を知って、マリカは恐れ戦《おのの》いていたが、そんな場合ではないと自分に言い聞かせた。

いいえ、オスカーさまを危険な目に遭わせたりしないわ。絶対に――。

オスカーが帰城したのは、ルーデンベック伯爵が暇乞《いとまご》いを告げている最中だった。オスカーは引き止めようとしたが、夜会に招かれているとのことでそのまま辞した。

「今度はぜひルーデンベック城へいらしてくださいな」

オスカーが留守を詫びて手にくちづけると、ヴァルトルーデは嫣然《えんぜん》と微笑んで馬車に乗り込んだ。それをマリカは、侍女たちの後ろからはらはらして見つめていた。

自室に戻ったオスカーを追いかけ、マリカは改まって横に立った。

「お話があります」

いつになくマリカが真剣な顔をしていたせいか、オスカーは怪訝《けげん》そうに見上げたが、すぐに片頬で笑ってマリカの手を引いた。

「まあ、座れ」

「うっ……」

ずきりと腕が痛み、マリカは小さく呻《うめ》いてオスカーの隣に座る。

「腕をどうかしたのか？」

「オスカーさま――」

マリカはオスカーを見つめた。

「ルーデンベック伯爵とヴァルトルーデさまは、恐ろしいことを考えています。先ほど西の階段で――」

見聞きした一件を、できるだけ詳しく話した。とにかくあのふたりを遠ざけないことには、オスカーの身が危ない。

マリカは少しでもオスカーの気持ちが翻《ひるがえ》るようにと願いながら、言葉を探した。こんなに必死に訴えているのに、オスカーの反応が薄くて焦る。

どうしよう……あとなにを言えばいいの……？

オスカーがヴァルトルーデに執着するいちばんの理由は、おそらく彼女を森の妖精だと信じていることだろう。

振り返ってみれば、あのときはおかしかった。助けたのは自分だと言い出したヴァルトルーデもそうだが、確認したオスカーも実際とはまったく違う状況を言っていた。オスカーの中で記憶が混濁《こんだく》しているのだろう。

しかし、それをマリカが指摘するわけにもいかない。なぜそんなことを知っているのかと言われたら、答えようがない。

それに真実を告げても、オスカーが信じない可能性だってあるのだ。すでにオスカーとヴァルトルーデの間では、ふたりで話した状況が事実として出来上がっている。

「――ですから、オスカーさまの身が危険です。どうかヴァルトルーデさまとのおつきあいは考え直してください。せめて改めて確かめて――」

オスカーの腕を摑んだマリカは、逆に摑み返されてはっとした。緑色の双眸《そうぼう》が見開かれ、マリカの青くなった腕を凝視している。

「どうしたんだ、これは」

「な、なんでもありません。そんなことより――」

マリカのけがなどどうでもいい。そんなことを気にかけている場合ではないのだと、どうして伝わらないのだろう。

「他にも痛めたところがあるのか？　いったいなにがあった？」

オスカーの意識がマリカのけがに向いてしまって、まったく話に耳を貸そうとしないので、しかたなく答える。

「階段から落ちてしまって……」

「ヴァルトルーデか？」

「……それは――」

気づけば、オスカーの眉が不快気に寄せられていた。その表情に、よけいなことを言ってしまったとマリカは悔やむ。階段から落とされた腹いせに、ヴァルトルーデを非難しているのだと取られたかもしれない。

いや、それ以前に、けがそのものをヴァルトルーデのせいにしようとして、マリカが嘘をついていると思われたのだろうか。結婚を視野に入れている相手を貶《けな》されて、ひどく腹立たしい——そんなふうに見える。

「……オスカーさま、あの——」

「医師を呼ぶから診てもらえ」

立ち上がったオスカーは、召使いを呼ぶベルに繋がる紐《ひも》を引いた。すぐにやってきた侍女に指示をする。

「待ってください！　お話が——」

「もういい」

明らかに怒りをにじませた目が振り返って、マリカは息を呑《の》む。

「診察が済んだら帰れ」

「……え……？」

呆然とするマリカに、オスカーは言葉を続けた。

「側仕えを解雇する。一座に戻れ」

◆

◆

なんてことだ……。

マリカが逃げるように扉の向こうに消えると、オスカーは震《ふる》える拳を握りしめた。ヴァルトルーデに対する怒りだけではない。むしろ恐怖に手が震えていた。

なにかにつけてヴァルトルーデがマリカを目の仇《かたき》にしているのは知っていたが、彼女にとってはしょせん側仕えのロマの娘にすぎず、嫌味や嫌がらせをする程度だと思っていた。

もちろんそれでもマリカは傷つくだろうし、オスカーも内心腹立たしかったが、この一件が片づくまではマリカに我慢してもらうつもりでいた。

一件——それは、ルーデンベック伯爵の悪事を公にして裁くことだ。

縁談を持ち込まれて以来、ルーデンベック伯爵と娘のヴァルトルーデ、その領地については、家臣に命じて細かな調査をさせていた。放蕩《ほうとう》が過ぎて没落しかかり、さらにそれを補おうと領民に圧政を強いるという、同じ領主として許しがたくはあるが、よくある状況でもあった。

それでフェルザーシュタイン家を当てにして擦《す》り寄ってきただけなら、適当にあしらうところだったのだが、マリカが落とした指輪の紋章とルーデンベック家女子の私的な紋章が一致し、さらに詳しく調べさせるうちに、驚くべき悪事が発覚した。

とうてい見過ごせる事件ではなく、このまま埋もれさせることも許しがたく、なによりマリカの素性に深い関わりがあり、彼女のためにも事実を白日《はくじつ》の下《もと》に晒《さら》すべきだと思った。オスカーはそれらすべてを明らかにして、ルーデンベック父娘と犯罪に関わった者を断罪すべく、密かに証拠集めに奔走《ほんそう》していた。

しかし自分の留守中に前触れもなく押しかけ、挙げ句マリカにけがをさせたと知って、まだまだ油断していたと悔いることになった。平気であんな犯罪に手を染める親の娘なのだ。マリカの素性を知ったら、今度こそ躊躇《ためら》いなく命を狙うだろう。いや、マリカが自分たちの企《たくら》みを知ったことに気づいても同様だ。

今のオスカーは四六時中マリカのそばにいることが叶わず、一方ルーデンベック父娘は、今後さらに勝手にフェルザーシュタイン城を訪れるようになるだろう。

なぜならオスカーはこのまま縁談を進めて、いずれ彼らがオスカーを手に掛けようと行動を起こすのを、準備万端待つ計画だからだ。マリカが報告してきたルーデンベック父娘の企みは、すでに予想の範囲内で、オスカーは自らエサになるつもりでいた。

……だが、マリカを危険に晒すなど論外だ。

愛するマリカを一瞬たりとも手元から離すなど、考えたくもない。毎朝彼女の顔を見ることで、一日が始まる喜びが身体中に満ちるというのに。今日もマリカと過ごす時間が持てるということが、オスカーの活力にもなっていた。

しかし、マリカの安全には替えられない。自分が万全の守りを確信できない以上は、ヨナーシュ一座に託すしかなかった。マリカをロマの仲間の許《もと》へ帰すことで、少なくともヴァルトルーデの関心は薄くなるはずだ。

だから断腸の思いで、マリカに城を出るように告げた。きっとマリカは驚き、悲しんでいるだろう。忠告を無視したと、腹を立てているかもしれない。

事実をすべて打ち明けて身を隠させるという手もあるが、現時点でマリカがそれを知っても、苦しむだけでなく脅《おび》えることになる。自分がついていられない以上は、やはり明らかにするのは片がついてからのほうがいい。

……マリカ、必ず……必ず迎えに行くから、それまで待っていてくれ——。

◆

◆

興行用のテント近くに建てられた小屋の軒先《のきさき》で、マリカはジャガイモの皮をむいていた手を止める。肘のところにあった青あざは、もうほとんど消えかかっていた。ため息をついて、ジャガイモを桶《おけ》に放り込む。

医師の診察にも大きな支障は見当たらず、マリカはその日のうちに馬車に乗せられて、街外れに駐留しているヨナーシュ一座の許へ帰された。カーラたちに挨拶もできなかったのが心残りだったが、日が経つにつれて頭の中を占めるのはオスカーのことばかりになった。

新しいジャガイモを拾い上げ、土を払ってナイフを当てる。

どうしているかしら……。

夢に見るのもオスカーと過ごした日々ばかりで、目覚めると涙がこぼれていることもある。本を読み聞かせてくれたこと、ヴァイオリンを聴かせてくれたこと、チェス、ダンス、秘密の通路、遠乗り――。

「……っ……」

震えた指先からジャガイモが転がり落ちたが、マリカは膝の間に顔を埋めて、洩れそうになる嗚咽《おえつ》を呑み込んだ。

夜半に雷が鳴っていたせいだろうか、昨夜はオスカーに抱かれている夢を見た。雷鳴や稲妻が怖いのに、広い胸に包まれていると安心して、同時に激しく胸が高鳴って――決して言えなかった言葉を口にしていた。

あなたが好きです——。

それに対して、オスカーはなんと答えたのだったか。たしかに口は動いていたのに、声は聞き取れなかった。

夢なんだから、せめて言ってくれてもいいのに……。

しかし夢見ることすら恐れ多い、というのが答えなのだろう。

下生えを踏みしめる足音に顔を上げると、ヴィートがジャガイモを拾い上げていた。マリカの隣に腰を下ろして、ジャガイモを手渡してくる。

「特になにも変わったことはなさそうだったぞ」

「……そう、よかった。いつもありがとう」

一座に戻ってから、マリカはヴィートに自分が見聞きしたことを打ち明け、それとなくフェルザーシュタイン城近辺の様子を見てくれるように頼んでいた。もちろんオスカーに会うどころか城内に入れるはずもなく、城壁の外から眺めるくらいのことだが、それでもなにかせずにはいられなかった。

初めは自ら出向こうとしたのを、ヨナーシュにきつく止められて、ヴィートが役を買って出てくれたのだ。

「ほっときゃいいだろ。自分勝手な殿さまじゃないか。無理やり召使いにしたかと思えば、いきなり放り出して」

ヴィートは懐から取り出した噛み煙草《たばこ》を口に入れる。オスカーの話になると不機嫌になるのはいつものことだった。

戻ってきてすぐに、どういうわけかマリカがオスカーに抱かれたことは気づかれてしまったらしい。具体的に話したことはないが、言葉の端々《はしばし》にそんな意味合いが交じる。

「まったく……傷物にされて振られて、それでも心配してやるなんてお人よしすぎるぞ、おまえ」

「だって、気になるんだもの。気になるなんてものじゃないわ。気が気じゃない……あんなふうに平気な顔で、いえ、楽しそうに人の命を狙う話をするなんて……」

思い出してもぞっとして、マリカは自分の肩を抱いた。

マリカの忠告がオスカーにまったく届いていないだろうことは、一座に帰されてしまったことで明白だった。かねてからマリカを疎《うと》ましく思っていたヴァルトルーデの意向に、オスカーが沿ったということだ。

自分がヴァルトルーデより選ばれるとは思ってもいなかったが、まったく信じてもらえなかったことはやはりつらい。なによりこのままでは、きっとオスカーに危険が及ぶと思うと、じっとしていられない。

「やっぱり私、ルーデンベック伯爵領に行ってみる」

そう呟《つぶや》くと、ヴィートは噛み煙草を吐き出して、マリカの肩を揺すった。

「なに言ってんだよ。そんなとこに行ったって、おまえになにができるってんだ。お城の召使いにでも化けて忍び込むのか？　無理だろ」

「放っておけないのよ！　なにかが起きるとわかってるのに、ただ待ってるだけなんてできない！　私は――」

とっさに言い返したマリカは、一瞬言葉を途切れさせた。

望みはいくらでもある。もう一度オスカーの姿を見たいとか、自分が言ったことを信じてほしいとか。微笑みかけてほしい、とか――。

しかし、もうそんな願いが叶わないこともわかっているから、オスカーはなにもしなくていい。

「……私は、あの人に幸せになってほしいだけ。そのためなら、なんでもする」

決意をにじませて唇を引き結んだマリカを、ヴィートはじっと見下ろしていたが、やがて長いため息をついた。

「……まったく、すっかり女になりやがって。おむつ当ててよちよち歩いてたのに」

「そ、そんなのずっと昔のことでしょ！」

「わかったわかった」

ヴィートは片手を振ると、素早く腰を上げて肩を回した。

「本気でルーデンベック伯爵を探るつもりなら、ますますおまえじゃ無理だ。わかったよ、俺が行ってくる」

「えっ？　危ないわ。それに、ヴィートにはもうお城を見てもらっているし、これ以上のことは――」

「俺を誰だと思ってる」

ヴィートは不敵にも見える笑みを浮かべた。

たしかに秘密裏に忍び込むなら、ヴィートは適任だ。今でこそ主に演奏者として舞台に立っているが、もともとは軽業師として曲芸を披露していた。若手の指導はヴィートが行っている。

それでも、芸を披露するのとはわけが違う。もし見つかるようなことがあれば、ただでは済まないだろう。

「……ヴィートのことだって大事なのよ」

「一座は身内だからな。俺だって同じだ。だから行く」

身内という言葉が胸に染みた。素性のわからないマリカを拾って育ててくれ、家族同然に慈《いつく》しんでくれた一座の仲間。戻ってきてオスカーに心を残していても、変わらずマリカのためを思ってくれている。

……ごめんなさい。ありがとう……。

この件に片がついたら、もうよそ見はしない。ヨナーシュ一座のひとりとして生きていく。

だから今だけは、オスカーのことを考えさせてほしい。


二日後の深夜、闇を縫《ぬ》うようにして戻ってきたヴィートは、幌馬車《ほろばしゃ》の中で寝ていたマリカを呼び出した。小道具や衣装が詰め込まれた小屋の片隅に、並んで座り込む。

「だいじょうぶだった？　けがはない？　はい、これ。もう火は消えているから、パンと干し肉だけだけど」

マリカは水の器を渡してから、食べ物を差し出した。一気に水を飲み干すヴィートを、薄闇の中で注意深く窺《うかが》う。どこも痛めてはいないようだ。

二杯目の水を飲んだヴィートは、パンにかぶりついた。

「さすがに厳重だった、と言いたいとこだが、あの規模の城にしては見張りが手薄だったな。フェルザーシュタイン城の半分以下だ。ケチってるのか、手が回らないのか」

喋《しゃべ》りながらパンと干し肉を胃に詰め込んだヴィートは、それまでの余裕の笑みを消し去り、険しい表情になった。

「あいつら、予想以上の悪党だ――」

ルーデンベック城の城主の部屋は、堀に面した三階に位置するそうだが、ヴィートは城壁をよじ登ってバルコニーに潜み、開いた窓から一部始終を見聞きしたのだという。

「来週、フェルザーシュタイン伯爵とルーデンベック伯爵の娘の婚約披露の宴が、フェルザーシュタイン城であるそうだ」

婚約という言葉にマリカの胸は痛んだが、今はそれどころではないと自分に言い聞かせる。

「おまえが言っていたとおり、奴らの狙いは伯爵の地位と領地と財産。しかし、結婚して折を見てなんて悠長な話じゃない。宴の席で伯爵に毒を盛る計画だ」

「……なんですって……？」

婚約披露の宴は来週って、今……そんなに早く、オスカーさまが……。

驚きに凍りついたマリカを、ヴィートが揺さぶった。

「しっかりしろ。それを阻止するために、動いてるんだろ」

ルーデンベック伯爵たちがどういう手順で事を運ぼうとしているのかを、ヴィートはマリカに詳しく聞かせた後で、自分もうんざりしたように髪を掻《か》き上げた。

「それと今回の件とは直接関係ないが、嫌な話も聞いた。先代のルーデンベック伯爵ってのは、現伯爵の兄貴だろう？　奴、爵位を乗っ取るために、事故に見せかけて兄貴夫婦を殺したらしい」

「……っ……」

ぞっとした。身内を手にかけることも厭《いと》わないくらいなら、どんな姦計《かんけい》だって企てるだろう。

「話の断片だけで確証はないが、先代伯爵の子どもも手にかけたようなことを言ってた。まったくとんでもねえ悪魔だよ。とにかく、調べるにはぎりぎりの機会だったな。もうちょっと遅かったら、間に合わなかった」

「……でも、どうして？　領地や財産を狙うなら、結婚をしてからのほうが確実なんじゃないの？」

恐ろしさにまだ震えている手を、マリカはぎゅっと握りしめた。

「さっき、見張りが手薄だったって言っただろ？　城だけじゃなくて、領地全体から人が減ってる。税金が跳ね上がってるって話だし、かなり台所事情がきびしくなってんだろ。そのわりに派手な生活ぶりみたいだから、多少の無理を通しても、一刻も早く金がほしいってとこだな」

完全に私欲目当てということなのか。そのためには、オスカーの命などむしろじゃまでしかない、と。

「……ヴァルトルーデさまは？　それに納得しているの？」

あんなにオスカーに執着していたのも、彼の持つ地位や財産が狙いでしかなかったのか？　オスカー自身を求めていたからではないのか？　あの日バルコニーで聞いた、用が済んだら消えてほしいという言葉は本心なのか？

「ああ、あのお姫さまか」

ヴィートは口に出すのも汚らわしいと言いうように吐き捨てた。

「伯爵がおまえを可愛《かわい》がってたのが、よほど気に入らなかったんだろうな。自分を信望しない男なんて用はない、嘘でも結婚するなんて我慢できないって、言ってたぜ。親父が宥《なだ》めるのに苦労してた。それもあって、婚約披露で片をつける気なんだろう」

マリカは口元を覆った。なんてことだろう。オスカーはヴァルトルーデを森の妖精だと信じて、彼女を熱愛しているというのに。事実を知ったらひどく傷つくだろうが、オスカーを救うためには明らかにするしかなかった。

「……婚約披露の宴……」

呟くマリカの肩を、ヴィートが叩く。

「またひとりでなにかしようなんて考えてるんじゃないだろうな。よせよせ。なんのために俺たちがいるんだよ」

ヴィートはマリカの顔を覗き込んで、にやりと笑った。

「世話になったフェルザーシュタイン伯爵さまに、ヨナーシュ一座で婚約祝いに駆けつけようじゃないか」

ヨナーシュが申し出たところ、家令のグンターから登城の許可が下りたので、宴当日、一座は出し物の用意を整えて、フェルザーシュタイン城を訪れた。

城へと続く坂道は豪奢《ごうしゃ》な馬車が列をなして入城を待っていて、それを横目にマリカらは裏門から城内へ入った。

「どれだけ客を呼んだんだ。国中から集まってるんじゃないか？」

「王さまも来てたりしてな」

「なんにせよ、世の中にはこれだけの貴族や金持ちがいるってことだ。ま、ろくでもない奴が混ざってても不思議はないわな」

たしかに客は多かった。オスカーの誕生祝いの宴のときより多いかもしれない。人目につかずに動き回るには好都合だが、それは敵にも同じことが言えるわけで、マリカは城内を見回しながら焦《あせ》っていた。

とにかくできるだけオスカーから目を離さず、いざというときには駆けつけられる場所で待機しているつもりだ。

宴は大広間で行われ、すでに他の芸人たちが手妻を披露している。客は思い思いの場所に陣取ってそれを眺《なが》めたり、会話に興じたりしていた。

ヨナーシュ一座を含め芸人たちは出番までは大広間に立ち入ることを禁じられていたが、

マリカはこっそり忍び込んで、居場所を探した。壁際の一段高くなったところに椅子が並べられていて、おそらくそこがオスカーやヴァルトルーデが座する場所なのだろう。今はどこからでも見通せるが、姿を現せば客が詰めかけてごった返す。危険を知って飛び出しても、辿《たど》り着くまでに時間がかかってしまうだろう。

後ろのカーテンの陰に隠れられるかしら……でも、オスカーさまが歩き出してしまったら、どうしたらいいの？

むしろ、挨拶するために客の間を歩き回ると考えたほうがいい。誕生祝いのときもそうだった。

しかし明らかに客ではない風体《ふうてい》のマリカが大広間の中をうろついていたら、すぐにつまみ出されてしまうだろう。

「ちょっと、あんた」

肩を叩かれて、マリカはぎくりとした。オスカーの姿も見ないうちに見つかってしまったかと、言いわけを考えながら振り返ると、そこには客のストールを手にしたカーラがいた。

「カーラ……！」

「やっぱりマリカだ。元気にしてたかい？」

「え、ええ……挨拶もできずにごめんなさい」

「気にすることじゃないよ。どうせあのお姫さまが旦那さまにうるさく言って追い出したんだろ。でも、出てって正解だよ。あのままじゃ、命がいくつあっても足りやしない」

そうよ。私だけじゃないわ。オスカーさまだって……。

マリカは事情を打ち明けたくなったが、今騒ぎ立てても、ルーデンベック伯爵の企みを阻止することにはならないだろう。逆にマリカには決して立ち入れない場所で、人知れず決行されてしまう恐れもあった。

「それにしても、ついにご婚約だよ。あんな恐ろしい姫さまとも知らず、まったく嘆《なげ》かわしいことだねえ。どうだい、この派手やかなこと！　おかげでこっちは大忙しだ。人手が足りなくて、あちこちから掻き集めてさ」

言われてみれば、お仕着せのドレスを着た侍女が大広間を出たり入ったりしている。

「あんたは踊りを披露するんだろう？　ぜひ見たいけど、うまい具合に時間があればいいんだけど――」

「カーラ！」

マリカはカーラの手を握って訴えた。

「お願い！　私にも侍女のドレスを貸して！」

「え？　なに言ってんだい。あんたは舞台が――」

「舞台には出ないの。オスカーさまにご挨拶したくて、そのために来たのよ」

必死に頼み込むと、カーラは憐《あわ》れむような顔になった。マリカがオスカーを慕《した》っていて、最後に別れを惜しみに来たと思っているのだろう。

ある意味それは正しい。もうすぐ一座はこの地を離れるだろうし、オスカーに会えるのはきっとこれが最後だ。

「……わかったよ。こっちへおいで」

カーラは手にしていたストールをマリカに頭から被せると、手を引いて侍女たちの休憩室に向かった。そこでマリカは濃紺に細い縦縞が入ったお仕着せのドレスを身に着け、カーラの忠告でプリムではなく室内帽を被った。目立つ銀髪を包み込むことができ、深いつばのように垂れ下がったレースで顔も隠れる。

マリカはカーラに礼を言って、急ぎ大広間に引き返した。

ふと吹き抜けの二階の通路に目をやると、柱の陰に身を潜めるヴィートの姿があった。彼もまた舞台には立たず、上方から動向を見守ることになっている。「いざとなったら、シャンデリアにぶら下がって、ひとっ飛びだ」と笑っていたが、実際にその程度のことならやってのける運動能力と筋力の持ち主だ。

舞台に出る仲間にも事情は伝えてあり、芸を披露するだけではなく会場内に目を光らせてくれることになっているが、オスカーのことはともかく、ヴァルトルーデやルーデンベック伯爵の顔を見たことはない。演技中に異変があれば駆けつける要員と考えておいて、まずはマリカが真っ先に察知するべきだろう。

飲み物や料理を並べたり、椅子やクッションを運んだりしていると、主役の登場を告げるラッパが吹き鳴らされ、一斉に注目した客たちの間をきらびやかな衣装をまとったオスカーとヴァルトルーデが歩いてきた。

……オスカーさま……！

人波の間から切れ切れに見える姿に、マリカの胸が高鳴る。オスカーは淡いすみれ色のテイルコートで、それ以外はウエストコートもトラウザーズも長靴も黒という出で立ちだった。翡翠《ひすい》のような双眸《そうぼう》は以前のままだったが、少し痩《や》せたように見えるのが気にかかる。

隣のヴァルトルーデは赤紫のドレスだった。スカートが何段にも重なっていて、無数に縫い止められた黒真珠が豪奢《ごうしゃ》な光を放っている。

何重もの人の輪を隔《へだ》てて、マリカの前をオスカーが通り過ぎていく瞬間、鼓動は最高潮に達して、息が止まりそうになった。少し癖のある黒髪が視界の端に消えて、マリカはその場に頽《くずお》れそうになるのを必死にこらえる。

久しぶりにオスカーを目にして、自分がどれほど彼を愛しているか思い知った。しかしオスカーはマリカのことなど、つかの間愛玩《あいがん》したロマの娘としか思っていないし、今はもう思い出すこともないかもしれない。

それでも、マリカにとって最愛の相手であることに変わりはなかった。その彼が危険な目に遭《あ》うところなんて見たくないし、決してさせはしない。

この想いを伝えることは叶わなくても、オスカーを守ることはできる。

……守ってみせるわ。絶対に。

ふたりの後から、ルーデンベック伯爵が悠々と進む。それを追いかけるように人の輪が動いていく中を、マリカは小走りに壁際へと向かった。

「今宵は多くの方々にお集まりいただき、感謝しております――」

オスカーの低いがよく通る声が大広間に響く。挨拶の後、乾杯があるはずで、客が次々にグラスを手にしている。オスカーの手にも侍女からグラスが手渡され、マリカの緊張が高まった。しかし、どのグラスが誰に渡るかわからない状況で、毒を盛るとは考えられない。それでも注意深く進行を見守る。

「――ヘルツェンバイン王国の栄光と、皆さまの幸いに」

乾杯が唱和され、拍手が鳴り響く。続いてルーデンベック伯爵の挨拶が始まった。すでにオスカーを息子と思っていると、やたらと強調していたのは、今後の展開を踏んでのことだろう。

音楽が流れ出し、客人が順番に祝福の挨拶に壇上を訪れる。中には早くも酔いが回っているのか、ワインボトルを手にやってくる客もいて、マリカは何度か駆け寄って手を伸ばしそうになった。

途中からオスカーは自ら歩いて回り、客のひとりひとりに話しかけていた。やがて壇上に戻ってきて椅子に座り、テーブルを見回す。

「喉が渇いたな」

マリカはグラスを取りに動こうとしたが、ルーデンベック伯爵がデキャンタを持ち上げるのに気づいて、はっとした。先ほどまでは置いてなかったものだ。当然、城で用意したものでもない。

「これは我が領地で産出するブドウで作らせているワインだ。ぜひ婿《むこ》殿に味見してもらおうと思ってな。なにしろいずれはふたりに任すことになる。ああ、ヴァルトルーデ、そのグラスをオスカーに」

「ええ」

ルーデンベック伯爵が水晶に彫刻を施《ほどこ》した美麗《びれい》なデキャンタを手に、ブドウの品種やらワインの醸造法やらを説明している後ろで、ヴァルトルーデが背を向けてグラスを取り上げている。

壁際に立つマリカには、その手元がはっきりと見えた。ヴァルトルーデが指輪を捩《ね》じり、少量の粉がグラスへと注がれる。

あっ……！

マリカは目を見開いた。ヴァルトルーデの紅く塗られた唇の端が吊り上る。

両手にグラスを持ったヴァルトルーデはくるりと振り返り、ルーデンベック伯爵がそのふたつにワインを注ぐ。

「ふたりの幸せと繁栄が末永く続くように」

デキャンタから注がれたワインがグラスを満たした。ヴァルトルーデが粉の入ったほうのグラスをオスカーに手渡す。

「我々の未来に」

オスカーがヴァルトルーデとグラスを合わせようとするのを見て、マリカは駆け出した。

「乾杯――」

ヴァルトルーデが微笑み、グラスが触れ合う。

「いけませんっ……！」

ふたりの間に割って入るように飛び込んだマリカは、オスカーの手を両手で掴んだ。突然の闖入者に、周囲がざわめく。

「なんだ、おまえは！　無礼な！」

ルーデンベック伯爵の叱責《しっせき》を無視して、マリカはオスカーの手からグラスを奪う。

「飲んではいけません！　このワインには毒が入っています！」

客のどよめきに悲鳴が交じった。

ルーデンベック伯爵ははっとした顔をしたが、ヴァルトルーデは不敵に笑った。

「なんてことを言うの。ルーデンベック家に対する侮辱《ぶじょく》だわ。いいわ、では私が飲んでみせる。もしなんともなかったら――」

グラスを口に運ぼうとするヴァルトルーデに、マリカは言った。

「そちらはただのワインです。毒は入っていません」

「どちらにも入っていないわよ！　いったいなんなの、おまえは！　侍女の分際で――」

そのときオスカーの手が伸びて、マリカの室内帽を剝《は》ぎ取った。一緒にピンが取れて、銀髪が流れ落ちる。

「マリカ……！」

顔を上げると、オスカーが驚きに目を瞠《みは》っていた。

ああ……オスカーさま……！

間近で見えることができて、こんなときだというのにマリカの胸はときめく。愛する人がすぐそばにいる。その瞳に自分を映している。

「おまえは……あのロマの娘じゃないの！　こんなところにまで入り込んで……わかったわ。毒だなんて言いがかりをつけて、宴をめちゃくちゃにするつもりね。早く、誰かこの娘を捕まえて――」

「嘘じゃありません！」

マリカはグラスを両手で握った。

このままでは、なんの解決にもならない。ルーデンベック伯爵たちに次の機会を与えるだけだ。毒を仕込んだのは事実だと、なんとしてもオスカーや周囲の客に知らせなければならない。

そのためには……。

手の震えをこらえて決意する。最後にオスカーにも会えたのだから、これでいい。なにより、オスカーを救うことになる。

「ヴァルトルーデさまの指輪を確かめてください」

マリカはオスカーを見上げて微笑み、次にグラスを一気に干した。

「マリカ、よせっ！」

オスカーが手を払い、弾き飛ばされたグラスが床に叩きつけられて砕《くだ》ける。しかしそのときにはもう、半分以上のワインがマリカの喉を滑り落ちていた。

「……う、ぐ……っ……」

胸の奥が猛烈に熱くなり、膝《ひざ》から崩れる。

「なんてことをする！　吐き出せ！　マリカ！　しっかりしろ！」

強い力で抱きかかえられ、口に指を突っ込まれるが、たちまち押し返す力も奪われて、ただしゃくり上げるように身体が跳ねた。

周囲の叫びや悲鳴が遠のく中で、シャンデリアが激しい音を立てる。人々が逃げ惑う響きが伝わってくる中で、マリカの意識は薄れていった。

ひどい不快感が全身を包んでいた。意識はそこまで浮き上がっているものの、目を開けるには大そうな労力が必要で、何度となくそのまま沈み込む。

それでもどうにか瞼《まぶた》を開くと、愛らしい天使が花綱を手に宙を舞っているのが見えた。

ああ……もう天国に着いたのね……。

そう思ったが、目の焦点が合ってくると、それが天蓋《てんがい》に描かれた絵だと気づく。彫刻が施《ほどこ》された豪奢《ごうしゃ》な寝台に寝かされているようだ。

「気がついたか」

ふいに声が聞こえて目を向けると、そこには険しい表情のオスカーいた。マリカと目が合うと、わずかに口元を緩める。

「……オスカー……さま……？」

掠《かす》れ声で呟くと、周囲から安堵《あんど》の息づかいが聞こえた。静まり返っていたが、思った以上に人がいるようだ。

「失礼――」

顔を覗《のぞ》かせた初老の紳士に手首を握られ、続いて首筋に触れられる。たしかフェルザーシュタイン伯爵家の主治医だ。

「意識が戻れば心配はないでしょう。もうしばらく安静にしていれば、明日には起き上がれますよ。みなさんも退室して、休ませてあげてください」

医師が頷いて寝台を離れると、「神さま……ああ、よかった」というカーラの声が聞こえた。靴音が響く中、ひょいとヴィートが顔を見せる。

「戻ってヨナーシュに知らせてくる。おとなしくしてろよ」

おそらくここはフェルザーシュタイン城の一室なのだろうに、ヴィートまでいたことに驚く。

……どうして……？　あれからどうなったの……？

扉の閉まる音を聞きながら、まだ呆然《ぼうぜん》としていたマリカだったが、緑色の双眸が近づいて意識を奪われた。

「……オスカーさま……」

「まったく、なんて無茶をするんだ」

ということは、やはりあれは事実だったのだ。婚約祝いの宴に忍び込んで、オスカーからグラスを奪い、それを飲み干した。

こうしてオスカーが無事でいることはなによりの喜びだが、自分はなぜ今ここでオスカーと向き合っているのだろう。

「……どうして……？　毒じゃなかったんですか？」

「いや、毒は入っていた。おまえが言ったとおり、ヴァルトルーデの指輪からも毒が見つかった。今、奴ら一党は、地下牢に捕らえてある」

ルーデンベック伯爵らの悪事が暴《あば》かれたと知ってほっとしたが、まだわからないことが多すぎる。いちばんの疑問は、毒を飲んだ自分が死ななかったことだ。

「……じゃあ、どうして私、生きて……」

「毒をすり替えておいたからだ」

「えっ……？」

どういうことだろうと戸惑うマリカに、オスカーは頷《うなず》いた。

「奴らが宴で俺に毒を盛る計画を立てていたのは知っていた。だから毒を弱いものとすり替え、それを飲んで倒れてみせて、殺害計画の首謀者として奴らを捕らえるつもりでいた。あれだけの目撃者がいれば、言い逃れもできまい」

なにを言っているのだろう。毒殺の危険を承知しながら、あえてそれを飲むつもりでいた？　すり替えなんて確実ではないし、必ず助かるという確証もないのに。

最悪の場合を想像して、マリカは口元を覆って震えた。

「……なんてことを……もしものことがあったら……」

「絶対の自信がなければ、謀略《ぼうりやく》なんて企《くわだ》てないものだ。ルーデンベック城には何人もの偵察を潜《もぐ》り込ませて常時動向を窺っていたし、すり替えには細心の注意を払った。俺も毒には日ごろから身体を慣らしていたが、念を入れて慎重に調合させた。まあ、さすがにおまえが乱入して、毒を飲むとは予想していなかったが……」

どうやらマリカの捨て身の行動が、オスカーたちの計画を狂わせたらしいと気づいて、悄《しょう》然《ぜん》とする。

「……ごめんなさい……」

「おまえがグラスを呷《あお》ったときは、息が止まりそうになったぞ。自分で毒を飲むより、よほど堪《こた》えた」

「でも、どうしてルーデンベック伯爵たちを疑ったんですか？　私が言ったときには、全然信じてくれなかったじゃないですか。それに私を……」

ヴァルトルーデの側について、マリカを一座に帰したではないか。そのときの悲しさを思い出して、マリカは涙ぐむ。

温かな手が頬に触れ、マリカの目尻を撫《な》でた。

「あの女に階段から突き落とされたのだろう？　俺の留守中にもかかわらず、乗り込んでくるような輩《やから》だ。あのまま城に置いておいたら、おまえの身に危険が及ぶ。奴らのことを調べたり準備をしたりで、城を空けることが多くなるのは目に見えていたからな。ヨナーシュのところにいるのが安全だと考えたんだ」

私のために……？

オスカーの口ぶりでは、マリカがルーデンベック伯爵らの計画を知るよりも早く、彼らを怪しんでいたように聞こえる。

「……あの人たちの企《たくら》みを知っていたんですか？　いつから……？」

「このくらいにしておかないか。まだ回復していないだろう」

毛布を掛けようとするオスカーの手を、マリカは押しとどめてかぶりを振った。

「もう平気です。それに、気になって寝てなんかいられません」

「ああ、わかったから起き上がるな。どこから話せばいいだろう……そうだ、きっかけはヴァルトルーデの嘘だな。森で俺を助けたのは自分だと言っただろう」

「あ……はい……」

内心どきりとする。オスカーは嘘だと気づいていたのか。まったく違う状況を話していたから、オスカーにとってはあれが真実で、ヴァルトルーデの言葉も鵜呑《うの》みにしたのだとばかり思っていた。

「でも……オスカーさまも嘘をつきましたよね？　どうして？」

「指輪の紋章がルーデンベック伯爵家のものだったからだ。しかし、俺を助けたのはあの女ではない。それではどういう経緯で指輪があんな場所に転がっていたのか、気になるだろう？」

マリカの銀髪を弄《もてあそ》んでいたオスカーは、ぐっと顔を近づけた。

「なにしろ俺を助けた森の妖精の落とし物だ」

「……あ……」

緑色の目が、マリカの心中を見透《みす》かすようだった。事実、オスカーは気づいているのではないだろうか。マリカが——。

「もう正直に言ってくれてもいいだろう？　俺はとうに知っている。森で俺を助けてくれたのは、マリカ——おまえだな？　もう隠しても無駄だ。今しがたも、あの女と話した森での状況が嘘だと、おまえは知っていたではないか」

あ……。

言葉もなくただ目を見開いているだけのマリカに、オスカーは肯定《こうてい》していると受け取ったようで、軽く睨《にら》む。

「どうして黙っていた。何度かそうではないかと思いはしたが、あいにく本当に記憶がなくて確信が持てずにいた。決め手になったのは、けがの場所を当てられたことだったな」

「……あっ……」

言われてみれば、マリカは当然のようにオスカーの左腕に触れたのだった。今さら自分の迂闊《うかつ》さに狼狽《うろた》えながら答える。

「オスカーさまが森の妖精だなんて絶賛するから……言い出しにくくなったんです。私だったなんて知ったら、がっかりすると思って……」

「逆だ。むしろもっとおまえに執着した。いや、……愛《いと》しくてたまらなくなった」

……え……？　今、なんて……？

マリカが見上げると、オスカーは目を細めて微笑んだ。自分に向けられた笑顔に胸が高鳴って、冷静に考えられなくなる。

聞き間違いだったのだろうか。それともマリカが考えすぎているだけなのか。城にいる間のマリカは、たしかに傍目《はため》には寵愛《ちょうあい》を受けているように見えただろうから、「気に入っている」くらいの言葉はもらえるだろう。オスカーを好きでたまらないから、自分に都合のいい受け取り方をしてしまっただけ？

「ヴァルトルーデとのやり取りを見ていたのに、おまえは指輪のこともなにも言わなかったな。だからおまえが指輪を持っていたことと、それがルーデンベック家のものであることが気になった。それを調べ始めたことから、奴らの悪事の露呈《ろてい》に繋がったのだが――マリカ――」

「は、はい……」

「まず伝えておく。おまえはルーデンベック家の娘だ」

「――え……？」

なにを言われたのかわからず、マリカはぽかんとしてしまった。言葉の意味が呑み込めず、ただ頭の中をくるくると回っている。そこにオスカーの声が聞こえた。

「先代伯爵夫妻の一人娘フロレンツィア――彼女は二歳になる前に誘拐され、衣服と内臓だけが発見されたことになっているが、手を尽くして調べたところ、誘拐事件に関わった人物の遺族が見つかった――」

オスカーの説明によると、その人物はフロレンツィアを攫《さら》って殺害するように命じられていたが、良心の呵責《かしゃく》に耐えきれず、フロレンツィアを旅芸人の一座に預け、代わりに動物の内臓を衣服にくるんで届けた。衣服を脱がせたときに指輪が首から下がっているのに気づいて、いつかは出自の証明になるかもしれないと、そのままにしておいたという。

誘拐した人物は生涯その件を気にかけていて、死の床で家族に打ち明けたらしい。

「それを命じたのが、当時の伯爵の弟――昨日までルーデンベック伯爵を名乗っていた男だ」

……私が……先代伯爵の娘……？　フロレンツィア……――。

マリカには記憶の欠片もなく、しかし衝撃的な事実を知らされて、混乱を極めた。フロレンツィアのことは、過去にヴァルトルーデとオスカーの会話の中で聞いていたが、ただ不幸な出来事もあるものだと、貴族だからとなんの不足もなく贅沢《ぜいたく》に暮らしているわけではないのだと思っただけだった。まさかそれが自分のことだとは、夢にも思わなかった。

「唯一の直系の跡継ぎを葬《ほうむ》ったつもりでいた奴は、次に自分の兄夫婦をも事故に見せかけて殺した。表向きは馬車の大破となっているが、当時の記録を確認したところ、前伯爵夫妻の身体には神経毒に侵《おか》された痕跡《こんせき》があったそうだ。今回、すり替え前の毒を調べたが、おそらく同じものだな。娘を失った苦しみから心中を図ったと結論づけられていたが、外聞を慮《おもんぱか》って表向きは事故とされている」

顔を覆って震えるマリカに気づき、オスカーはその肩を撫《な》でた。

「……恐ろしい思いをさせて悪かった。つい、喋《しゃべ》りすぎたな」

「いいえ……いいえ、オスカーさま。私が本当にフロレンツィアなら、知っておかなければならないことだと思います。でも……前伯爵夫妻がお気の毒で……」

顔も憶えていないけれど、マリカの両親なのだ。きっと子どもをなくしたと思ってつらい日々を送っていただろうに、自分たちまで命を落とすなんて。

「ああ、そうだ。私利私欲に走って人道を外れるなど、決して許されることではない。ましてやおまえは被害者なのだから、もっと怒っていい」

マリカを撫でる手は力強く優しく、その頼もしさに慰《なぐさ》められる。

恐ろしい魔手に翻弄《ほんろう》されながらも、自分の周りには手を差し伸べてくれた人たちがいた。拾われ子という立場ではあったけれど、ヨナーシュらは幼いマリカを身内同然に育ててくれて、マリカは寂《さび》しさや悲しさで泣いた記憶はない。

しかしもう十七歳なのだから、こうして自分の素性がわかった以上は、しっかりとそれを受け入れて強くならなければならないと思う。それが、自分の人生に対する責任でもあるはずだ。

「続きを……聞かせてください」

マリカがそう頼むと、オスカーは気づかわしげな顔をしながらも頷《うなず》いた。

「前伯爵夫妻を葬ったルーデンベックは、襲爵《しゅうしゃく》の許可も待たずに伯爵の名乗りを上げ、城に乗り込んできた。そして、強引な統治が始まった――」

ヘルツェンバイン王国の南部に位置するルーデンベック伯爵領は、温暖な気候に恵まれて古くからワインの産地として名高く、果樹の産出も含めて豊かな収益を上げていた。農民の保護も手厚く、他領の手本となるような領政だったという。

それが代替わりしたとたんに、農民たちはとても実行できないような過剰な生産を強《し》いられ、さらに様々な名目の税を徴収されるという悪政になった。何度か嘆願もしたが、城に出向いた者は二度と戻ってくることはなく、領民はただ困窮《こんきゅう》を受け入れるか土地を捨てて逃げ出すかしかなかった。

十五年目を迎える今では、領民の数はかつての八割近くにまで減少しているらしい。当然のことながら、生産性も下がっている。

一方、そうやって搾《しぼ》り取った収益は、ほとんどがルーデンベック伯爵家の私的な消費に使われている。ことに娘のヴァルトルーデの浪費は激しいという。

「そんなふうに自領を貪《むさぼ》った奴らが目を向けた先が、我がフェルザーシュタイン領というわけだな」

オスカーは不快そうに眉をひそめる。

「まあ貴族同士の結婚には、そういった思惑もつきものだ。縁談を持ち込まれたときには、単純に政略的な狙いだろうと思っていたが……おまえが持っていた指輪の紋章がルーデンベック家のものだとわかって、念入りに調べる気になった。つつけばつつくほど疑惑が生じ、奴らの悪行とおまえの素性が明らかになった。……マリカ——」

オスカーはマリカの手を握る。少し痛いくらいの力が、非情な事件に打ちひしがれているマリカを慰めた。

「起こってしまったことは、今さら元に戻せない。先代伯爵夫妻を生き返らせることもできないが、奴らを罰することは可能だ。だから俺は自らをエサに、奴らを釣り上げようと決めた」

「知っていたのに……？　どうしてそんな危ないことを……」

ルーデンベック伯爵らの悪事を知ったなら、遠ざければ済むことだ。対峙《たいじ》する必要などない。それも自分の身を危険に晒《さら》してまで。

「それを訊《き》くのか」

オスカーは苦笑した。

「おまえを愛しているからに決まっているだろう。愛する者の身に降りかかった悲劇を払いのけ、仇《かたき》を討《う》とうとするのは、男なら当然のことだ」

……愛している……？　オスカーさまが……私を……？

マリカの手が震えているのに気づいたらしいオスカーは、両手でそれを包み込み、唇を押し当てた。触れた場所から痺《しび》れが生じて、マリカは喘《あえ》ぐようにため息をつく。

「……どう……して……」

「先ほどからそればかりだな。そんなに不思議なことか？　言っておくが、おまえの正体がフロレンツィアだったり、森の妖精だったりしたから求愛しているわけではないぞ。まあ、森の妖精と同一人物だったのは、嬉しいことだが。そばに置いておまえと過ごすうちに、少しずつ惹《ひ》かれていった――」

マリカの指先の一本ずつを、唇が撫でていく。

「無邪気な笑顔や、言い返す勝気さ。己の美貌《びぼう》に無頓着な純朴さの一方で、興味ある新しいことを吸収しようとする直向《ひたむ》きさ、弱いものや小さいものへの優しさ――そのすべてが俺を惹きつけた。気づけばおまえに夢中になっていた。人を好きになるとは、その肩書きや素性など関係なく、その相手自身を愛しく思うことなのだと、おまえに教えられた」

オスカーの言葉が、マリカの胸に染みていく。どこを疑うことがあるだろう。マリカもまたオスカーと過ごしながら、段階を踏んで彼に惹かれていった。次第に駆け上がるように恋しさが募《つの》っていき、ついには自分の想いに気づいたのだ。この人を愛している——と。

しかしロマの娘にすぎない自分の恋が叶うはずもなく、打ち明けることすら許されはしないと抑え込んでいた。

それなのにオスカーはそんな枠を飛び越えて、マリカを愛してくれている。

「だからおまえには、すべてが終わるまでなにも知らせず、片をつけてから俺の気持ちも伝えるつもりで動いていたのだが……ヴァルトルーデに階段から突き落とされたと聞いて、肝が冷えた。あの女にしてみれば、じゃま者に嫌がらせをした程度だったのだろうが、おまえがフロレンツィアだと知られたら、命の危険もある。そう気づいて、ヨナーシュ一座に帰した」

「……すべて、私のことを考えてくれてのことだったんですね……」

マリカが手を握り返すと、オスカーは微笑した。

「おまえのためでもあり、俺のためでもある。愛する者とは、自分のもっとも大切なものだろう？」

じっと見つめられて、その翡翠《ひすい》のような目の色に見惚《みと》れていたマリカは、オスカーの眉がわずかに寄ったことに気づいて目を瞬いた。

「オスカーさま……？」

「しかし俺は、おまえの行動力を甘く見ていたようだ。安全な場所に匿《かくま》ったつもりが、まさか宴に乗り込んでくるとは……それも侍女に化けて、気づいたときにはすぐ横でグラスを奪っていたのだからな」

通常ならすぐにマリカと気づいていたはずだった、ルーデンベック伯爵らの悪事を暴く段取りが佳境に入って意識を奪われていたと、オスカーは苦々しげに呟《つぶや》く。

「おまえも奴らの企みを知っていたそうだが、ならばあのワインの毒が入っていたと察していたのだろう？　いや、そう言っていたな？　それなのに、どうしてあれを飲んだりしたんだ」

「だってあのままだったら、オスカーさまが飲んでしまったでしょう？　あなたを守りたかった……オスカーさまのためなら、私の命なんて……それにあれが毒だとあの場でわかれば、ルーデンベック伯爵たちを捕まえられると思ったから——」

ふいに覆いかぶさってきたオスカーに、マリカはきつく抱きしめられた。気づけばオスカーは薄紫のテイルコートを脱いだだけで、宴のときに身に着けていた衣装のままだ。ひと晩中マリカのそばについていてくれたのだろう。

漆黒のウエストコートの胸元から、直接低い声が響く。

「……おまえを失ったら意味がないだろう。俺にとってなにより大切なのは、マリカ……おまえだ」

毒に身体を慣らしていたオスカーではなく、マリカがグラスを呷《あお》ったことで、当然のことながら症状は激しかった。苦しむマリカの意識は混濁《こんだく》していたが、あの場は想像よりはるかに混乱したらしい。

なによりマリカが毒を飲んだことにオスカーが動転し、騒ぎが大きくなった。そこに二階の通路からシャンデリアに飛び移ったヴィートが、舞い降りざまにルーデンベック伯爵を蹴り飛ばしたという。

すわ野盗の襲来かと、客たちは先を争って大広間を逃げ出したので、待機していたオスカーの部下たちは、迅速にルーデンベック一味を捕獲したそうだ。

毒を飲む予定だったオスカーのために、同じく主治医が待機していて、マリカはすぐに処置をされた。

すべてオスカーの綿密な計画があってこそ、乱入したマリカが予想外の行動を起こしてもルーデンベック一味を捕らえることができたのだが、妨害に近かったと反省する。運がよかっただけなのだ。そもそもマリカの杜撰《ずさん》な思いつきだけだったら、決してこんな結末にはならなかっただろう。

「……ごめんなさい……勝手なことをして」

マリカが囁《ささや》くと、額に唇が押し当てられた。

「もういい。おまえの行動もまた俺を守るためだったと、それも自分の命と引き換えにするのも厭《いと》わずのこととわかっては、むしろ礼を言うべきなのだろう。しかし、マリカ――」

オスカーは鼻先が触れ合うほど近くからマリカを見つめる。

「俺が望むのは、命を捧げられることではない。おまえが俺とともに、これから先の人生を歩いてくれることだ」

……それは……――。

なにかが込み上げて息苦しい。もちろん毒の症状ではなく、オスカーの言葉を聞いて嬉しさと感動に胸が震えているせいだ。

「マリカ、愛している。おまえを妻にしたい――」

「……オスカーさま……」

もうなにも疑いようがなかった。オスカーの気持ちも、その言葉の意味も。互いに対して抱く想いは同じだ。

「……私も――」

マリカは広い背中に両手を回した。

「私も、あなたが好きです……」

笑みを浮かべた唇に噛みつくようにくちづけられて、マリカは陶酔《とうすい》に引き込まれていった。

扉の向こうからグンターの声がして、ヨナーシュの訪れを告げた。オスカーは名残惜《なごり》しげにマリカを振り返りながら退出していった。

しばらくして遠慮がちに扉が叩かれ、カーラが姿を現した。水差しとグラスを手にしている。寝台のマリカと目が合うと、大仰に嘆息して近づいてきた。

「ああ、マリカ！　よかった！　さっきまであたしも生きた心地がしなかったよ」

「カーラ、心配かけてごめんなさい」

「井戸の水を汲《く》んできたんだよ。まだ食事はできないだろうし、お茶やコーヒーよりもこっちのほうが好きだろう？」

「ありがとう」

渇《かわ》いた身体に冷えた水が染み込み、残っていた悪いものが洗い流されて、活力が湧いてくる気がする。マリカはグラスを置くと、寝台から降りた。

「マリカ！　まだじっとしてないと――」

「もう平気よ。それより着替えたいの。ヨナーシュにも謝らなくちゃ」

渋るカーラを説き伏せてドレスに着替えたマリカは、ヨナーシュやオスカーがいるというサロンへ向かった。

「マリカ……！」

ヨナーシュは立ち上がって手を伸ばした。マリカは駆け寄って抱きつく。

「無茶をして……一時はどうなることかと思ったぞ」

「ごめんなさい、ヨナーシュ。でも、もうなんともないから」

「そういうことではなく――」

眉を寄せるヨナーシュに、オスカーが声をかけた。

「じっとしていられない性分のようだ。これはもう諦めるしかないな。マリカ、おまえも座るといい」

手招かれて、マリカはオスカーの隣に腰を下ろした。オスカーはさりげなく、また当然のようにマリカの手を握る。

「今からヨナーシュに、おまえを拾ったときの経緯を聞くところだった。ヨナーシュ、ここまで来たらもう、真実を話してもらおう」

マリカが聞かされていたのは、十五年前に移動中のヨナーシュ一行に、オーストリアの森の中で拾われたということだった。

ヨナーシュは白いものが交じった長い眉の下の目を伏せ、ため息をつきながら頷く。

「……忘れもいたしません。あの日、我々はエーデンの東南にある森で夜を過ごしておりました――」

エーデン……？　オーストリアではなく、この国だったの？

すでにオスカーの口から、マリカが先代ルーデンベック伯爵夫妻の娘フロレンツィアに違いないと聞かされていたが、ヨナーシュの言葉がそれを裏付ける。

「物音に気づいてテントを抜け出した私は、覆面の男が幼子を抱いているのを見て、立ち尽くしました。人攫《ひとさら》いが我が一座をも狙っていると、そう思ったのでございます」

しかし覆面の男は駆け寄ってきて子どもをヨナーシュに押しつけると、口早に囁《ささや》いた。曰《いわ》く、子どもは去る高貴な家の娘だが、お家騒動に巻き込まれ、このままでは命を奪われる。それを避《さ》けるには、無関係なロマの子として人生を送るしかない、と。

「月の光から生まれたような、大そう美しい幼子でした。その命が危ないと聞かされては、とても見捨てることなどできません。子どもがどこの誰なのかはあえて尋ねませんでしたが、鎖《くさり》に通した指輪を首から下げておりました。さらに覆面の男が、決してルーデンベック伯爵領には足を踏み入れるな、と言い残していきましたから——」

「十五年前のいつだ?」

オスカーの問いに、ヨナーシュは即答する。

「夏至《げし》の夜でございます」

頷いたオスカーは、マリカを振り返った。

「フロレンツィアを誘拐した男の遺族から聞いた話でも、実行日は夏至の夜だったと言っていた。これで証明されたな。グンター——」

オスカーに呼ばれて、控《ひか》えていたグンターが額に入った肖像画を差し出した。そう大きなものではないが、貴族の大婦らしき人物が描かれている。

「先代ルーデンベック伯爵夫妻だ。夫人に面影がある」

たしかに女性のほうは銀髪に近い淡い髪色で描かれていて、顔の造作もマリカ自身が見ても似ていると思えた。

「しかし……！」

ヨナーシュが身を乗り出す。

「どこの誰の血を引こうと、マリカ……おまえはわしの娘だと、そう思っていた。ずっと……」

マリカの記憶にあるのは、ヨナーシュを始めとする一座の仲間との暮らしだけだ。温かく楽しく――。

「……ええ、私も。私はヨナーシュ一座の娘よ」

ルーデンベック家の血を引くという事実は事実として、それでも自分の家族と呼べるのはヨナーシュ一座だと思う。

「では、ヨナーシュに告げよう」

オスカーの声に、マリカは目を上げる。

「マリカを我が妻として迎えたい」

ヨナーシュは瞠目《どうもく》してオスカーを見つめ、それから息を詰めているマリカに視線を移した。

せつなげに目を細めていたが、やがてゆっくりと頷く。

「ずいぶんと時間がかかったな。なにか不満でもあるか？」

オスカーが問うと、ヨナーシュは首を振った。

「……娘を嫁に出したい親など、そうそういるものではありませんでしょう。どうか、幸せにしてやってください」


オスカーに願い出て、翌日マリカはヨナーシュ一座に戻り、仲間のひとりひとりと挨拶を交わした。

小さな子どもたちは、マリカが一座を離れると聞くと泣いてすがりつき、それぞれの宝物だという押し花や河原の石をくれた。

いちばん仲がよかったソーニャは、「あたしの言うとおりになったじゃない」と得意げに言った後で、子どもたちと一緒になってマリカに抱きついた。人目もはばからずにわんわん泣いて、マリカの銀髪をしっとりと濡らした。

パヴラ婆からは秘伝の傷薬をもらい、魔除《まよ》けのまじないをしてもらった。

「おまえの娘は、おまえ以上の数奇な運命を辿《たど》ることになるだろう。大事に、強く育ててお

しわくちゃの顔に笑みが浮かんだ。

「やあね、婆。まだ結婚もこれからなのよ」

パヴラ婆の占いは当たるが、あまりに先のことでマリカが照れながら言い返すと、しわくちゃの顔に笑みが浮かんだ。

そしてヴィートのところに行ったが、うるさそうに手を振られる。

「ああ、さっさと行ってこい。言っとくが、戻ってきても居場所はないからな」

「たまには遊びに来てくれるでしょう？　お城の家来たちが、ぜひシャンデリアに飛び移る技を伝授してほしいって言ってたわよ」

マリカは目にしなかったが、後からカーラたちに大天使ミカエルが舞い降りたようだったと聞かされた。今や侍女たちの間でヴィートは大人気だ。

「ばかを言ってやがる。あんな騒ぎを起こさないで済む世の中を作るのが、そいつらの役目だろうが」

焚火《たきび》を囲んでいつもより少しだけ豪華な夕食を終えたころ、夕闇に溶け込むような青毛の馬を駆って、オスカーが現れた。

来るときは馬車で送られたから、帰りもそうだろうと思っていたマリカが驚いて近づくと、大きな荷物を手渡される。

「焼き菓子だそうだ」

「伯爵が使い走りですか」

マリカから荷物を引き受けたヴィートが揶揄《からか》うように言うと、ぎょっとするマリカを後目に、オスカーはにやりとしてヴィートと拳を突き合わせた。

「当家の家令は、唯一俺に指図する存在でな。俺も逆らえない」

「奥方の尻には敷かれないように気をつけてくださいよ」

「心得ておく」

なんだかマリカのことまで好き勝手に言っているが、いつの間にかふたりの間に奇妙な友情のようなものが芽生《めば》えているようだ。

オスカーがヨナーシュと話をしている間に、マリカはもう一度仲間たちに別れを告げ、街外れの広場を後にした。

夏の夜風は心地よく、馬上で揺られながらマリカは目を細めた。

「泣いているのではないだろうな?」

「え?　いいえ」

「別れを惜しんで、城には戻らないとごねられるのも覚悟していたのだが」

「そんなこと……今生の別れではないでしょう?　またこの地に巡ってくることもあるでしょうし、そのときには会いに行きます。それに——」

マリカはオスカーの胸に身を持たせかける。風にそよぐ前髪を唇で掻き分けるようにして、オスカーが額にキスをした。

「私がいちばんいたいのは、この場所です……」

抱きかかえられるように包まれたかと思うと、オスカーは馬の足を速めた。

「早くおまえを抱きたい――」


馬から抱き下ろされ、そのまま運ばれそうになったのを、マリカはどうにか押しとどめて地面に下ろしてもらった。オスカーがマリカを娶《めと》ることはすでに城中で知らない者はいなかったが、さすがに恥ずかしい。

それでも部屋までずっとオスカーに手を引かれていた。

「どうした？」

居室を突っ切り、さらに奥の扉へ進もうとするオスカーに、マリカの足が止まった。

「いえ、あの……寝室へ……？」

オスカーの居間で過ごすことは何度もあったが、というか基本的にこの場所にいることが多かったのだが、扉ひとつで隔《へだ》てられた寝室へ入ったことは一度もない。身体を重ねるときも、バルコニーだったり居間の長椅子の上だったりした。

躊躇《ためら》うマリカに、オスカーが苦笑する。

「どうしても長椅子の上がいいと言うならつきあうが……まさか本来は寝台の上でするものだと、知らないわけではないだろう？」

「あ、当たり前じゃないですかっ」

「それなら来るといい。そう寝心地は悪くないと思うぞ」

背中を押されるようにして、初めてオスカーの寝室に足を踏み入れたマリカは、にわかに興味を引かれて室内を見回した。広さは居間の半分ほどだが、調度品が少ないのですっきりと見える。窓辺にテーブルを挟んで向かい合った椅子が二脚、壁に沿って書棚とチェストがひとつずつ。その間にある扉は衣裳部屋だろう。

向かい側の壁には、驚くほど大きな寝台があった。頭部にだけ壁から突き出るように天蓋《てんがい》があり、布が幾重にも垂れ下がっている。

「なんて大きいの……何人寝られるかしら……」

思わず近づきながら呟くと、オスカーは含み笑いながらマリカを捉《とら》え、ともに寝台に倒れ込んだ。

「きゃっ……」

「ずいぶんとすごいことを言う。俺はふたりで寝るつもりだが？」

「そ、そういう意味ではありません！　だって荷馬車で寝るときは、このくらいの場所に十人近く横になる――……ん……」

覆いかぶさってきたオスカーに唇を奪われ、マリカは言葉も動き求めた。歯列を割った舌に口中を撫《な》で回されて、たちまち身体の熱が上がる。

ヨナーシュのところに行っていたので、今日のマリカは簡素なドレスだった。薄いモスリンを重ねたエンパイアスタイルで、胸の下で幅広のサッシェを締めている。このドレスだとコルセットを着けなくても許されるのだが、オスカーには好都合だったようで、キスに酔わされたマリカの衣服を片手で緩めていく。

「……んっ、……んぅ……」

襟ぐりを引き下ろされて弾むようにこぼれ出た乳房を、大きな手がすっぽりと包む。やわやわと揉《も》まれるうちに、中心の粒が硬く凝《しこ》って、手のひらに擦《こす》れる感触にも疼《うず》いた。

当然オスカーにも気づかれて、指先でつままれる。擦り合わせるように捏《こ》ねられて、痛いのにどうしようもなく心地いい。

「……ん、……オ、オスカーさま……っ……」

くちづけを解《ほど》かれて喘《あえ》ぐように息を吸いながら、もどかしさを訴えるようにオスカーを呼んだ。

「誰を呼んでいる？」

耳朶《じだ》を食《は》まれながら訊《き》き返されて、マリカは切れ切れに答えた。

「……誰、って……あ、あなた……です……」

「妻に『さま』付きで呼ばれるのは好みではないな」

間近に迫った翡翠の瞳が、マリカを誘った。呼び捨てにしろと言っている。

「……でも……あっ……」

反対の袖も引き下ろされて、すっかり露《あらわ》になった胸元に、オスカーは顔を埋めた。ドレスの下で勃《た》ち上がり、触れられるのを待っていた乳首を乳暈《にゅううん》ごと食む。指で弄《いじ》られていたほうも扱《しご》き上げられて、恥ずかしいほどに尖《とが》ってしまった。

「あっ、あっ、ま……待って、そんな……」

「頼んでいるのに聞けないのか？　それとも、こうしてほしくて言わないのか？」

歯を立てられ、舌を巻きつけて吸い上げられて、マリカはむせび泣きながら呼んだ。

「オ……オスカー……っ……」

ふ、と胸を攻める愛撫《あいぶ》が止まったのに気づいて目を向けると、オスカーは一瞬照れたような笑みを浮かべて、マリカの胸に額を押しつける。

「そんなにいい名だったかな。おまえに呼ばれると聞き惚《ほ》れる」

鼻先で乳頭を転がされて、甘い刺激にため息を洩らしたかと思うと、歪《いびつ》になるほど指で捻《ひね》られて疼痛《とうつう》に声を上げる。

「いたっ……痛いわ、オスカー……ああっ……」

「そんな甘えたような声で言われても、悦《よろこ》んでいるようにしか聞こえないな」

「……そんなこと──あっ……」

膝まで捲《めく》れ上がったドレスの裾に手が差し入れられ、下穿きを引き下ろされた。繊細な刺繍を施されたドロワーズは、寝台の向こうに放り投げられる。

改めてマリカの太腿《ふともも》を這い上がった指が、花園に到達した。熱い沼地がオスカーの指を濡らす。

「ほら、俺の言ったとおりだ」

蜜を絡めるように指が動いて、襞《ひだ》を開いた。つんと膨らんだ花芽《かが》は真っ先にオスカーの餌《え》食《じき》になって、指でつままれる。あまりに強い刺激に、腰が勝手に跳ねた。

「あっ、ああっ、……や、嫌……っ……強くしないで……あっ……」

そう言いながらも、襞の奥から蜜が溢《あふ》れてくるのだから説得力がない。オスカーに、愛する人に触れられていると思うと、昂《たかぶ》ってしまう。

「指は嫌か？　ああ、舐《な》められるのが好きだったな」

マリカにその感触を思い出させるように、オスカーは乳房を舐め上げる。下肢《かし》では花芽を指で擽《くすぐ》りながら、乳頭に舌を絡めた。

「唇ですっぽり覆って、舌で捏ね回してやると、すぐに達してしまうだろう。こんなふうに──」

乳頭を陰核《いんかく》に見立てた愛撫と、実際に下肢に送られてくる刺激に、マリカは惑乱《わくらん》する。オスカーの腕を太腿で挟んで、腰を揺らした。

「……ああ……オスカー……お願いっ……」

「言ってごらん。どうしてほしい？」

「……な……舐めて……」

「ああ。どこを……？」

オスカーは誘うように訊きながら上体を起こし、申しわけ程度にマリカの身体を覆っていたドレスを、すべて引き下ろした。

「どこを舐めてほしい？」

すでに見下ろすその視線に舐められているようだと思いながら、マリカは火照《ほて》って疼く身体を緩慢に動かした。しどけなく投げ出していた脚を左右に開く。オスカーの目が中心に注がれるのを感じて新たに溢れた蜜が、襞の間を伝って敷布に染みた。

薄い下生えは恥部を隠す役目を果たさず、むしろ濡れそぼって肌に張りつき、そこを目立たせているだけだろう。室内の明かりはいくつかのランプだけだが、きっとオスカーの目にはすべてが晒《さら》されている。

「……ああ……っ……」

恥ずかしいのにとても興奮していた。指でも舌でも今オスカーに触れられたら、すぐに達してしまいそうだ。

「野バラの蕾《つぼみ》のようだ。朝露《あさつゆ》に濡れて、花開くのを待ちかまえているような——」

オスカーは自らも服を脱ぎながら囁いた。

「色づいて、甘い匂いを漂わせて——」

顔を覆った指の間から、ギリシャ神話の彫刻のような肉体が見える。その下肢では、力強く情熱を滾《たぎ》らせたものがそそり立っていた。自分に対する執着を見せつけられるようで、マリカの鼓動が高鳴る。

膝頭を摑んだ手にいっそう脚を開かれ、愛撫を待ち焦《こ》がれてあさましいほどにヒクつくそこに、吐息を感じる——。

「ふ……あ、あっ……」

蜜が溜まった狭間《はざま》を舌で撫で上げられ、先端の尖《とが》りをつつかれて、マリカは仰《の》け反《ぞ》って喘いだ。肉厚な舌がこそぎ取るように愛液を掬《すく》い取り、淫《みだ》らな音を立てて啜《すす》る。花芽を唇で覆われて、吸い上げられたとたん、腰の奥から湧き上がってきたうねりに攫《さら》われた。

「あああっ……」

絶頂の悦びにがくがくと腰を揺らすマリカの蜜壺に指が差し入れられ、じんじんと疼く肉芽《にくめ》を舌で転がされる。

「ああっ、だめっ、あっ、ま……待って……っ……」

続けざまに達してしまいそうで、オスカーの頭を押し返そうとすると、顔を上げたオスカーに指をしゃぶられた。

「そんなに可愛らしくされると、もっと啼《な》かせたくなるだろう」

その言葉にふと視線を向けると、緑色の双眸が鮮やかさを増して、まるで炎を上げているように見えた。凄みさえ感じるような雄の色気に、マリカは身体だけでなく心まで蕩《とろ》かされていく。

この人が自分を愛してくれている。自分だけを甘く激しく求めている。

「……オスカー……——あぅ……っ……」

中を穿《うが》つ指に官能の在り処を探られて、マリカはオスカーの肩を抱いた。

ずっと、ずっと好きだった。たぶん、初めて森で会ったときから。

「好き……っ、……あなたが——」

ふいに風が起こり、マリカは熱く硬い身体に組み敷かれた。柔《やわ》らかな褥《しとね》が深く沈む。黒髪の間から光る目に見据《みす》えられ、胸が痛いほど高鳴る。

「マリカ……愛している」

引き抜かれた指の代わりに、オスカーの怒張が押し入ってきた。息が詰まるような塊《かたまり》の熱さと全身に響く脈動を感じ、マリカは広い肩に必死にすがりつく。

背中に回った腕に抱きかかえられ、浮き上がった腰を深々と貫《つらぬ》かれて、息が上がる。意味

る。

のない声を上げた唇を塞《ふさ》がれて、すべてを奪われた気がした。いや、すべてを受け入れてい

律動を刻まれるたびに湿った音が響き、擦られる媚肉から甘美な痺《しび》れが生じた。やがて内壁が激しく震えて、突き上げるオスカーを食い締めずにはいられなくなる。

「……スミレの香りがする……」

唇を離れて首筋を食《は》むオスカーが呟くが、官能に翻弄《ほんろう》されているマリカには、なにを言われているのかわからなかった。

「あっ、……え……？　スミレ……？」

「おまえの匂いだ……」

「あ、あああっ……」

ぐっと押し上げられて、絶頂に攫われる。目も眩《くら》むような快感が全身に弾けて、オスカーの胸の中でマリカは身悶《みもだ》えた。

慄《わなな》くように震える蜜壺の中で、オスカーもまた激しく脈打ち精を解《と》き放ったようだ。汗に湿った胸が互いの鼓動を伝え、荒い息が互いの頬を撫でる。

「マリカ……」

マリカの中で力を失わないオスカーが、再びゆっくりと動き出す。

「あっ……また……？　少し待って——んっ、あ……」

「待てない。もっとおまえが欲しい……」

余韻も覚めやらない身体は容易《たやす》く火を点《とも》されて、マリカは新たな官能の波へと身を投じた。


ルーデンベック伯爵——ただちに爵位は剝奪《はくだつ》され、前伯爵の弟となっていたが——とその娘ヴァルトルーデ、さらに主《おも》だった家臣らは王都エーデンへと身柄を移され、尋問を受けることになった。

オスカーは細かな調査と証拠を上げていて、彼らがきびしい処罰を受けることはほぼ確定している。ことに国王の怒りは凄《すさ》まじく、今後このような謀略が起こるのを防ぐためにも重罪とするつもりらしい。

マリカは先代ルーデンベック伯爵夫妻の娘フロレンツィアと正式に認められた。

オスカーがルーデンベックの悪事を暴くのと並行して、マリカの素性についても念入りに調べていたことも大きかったが、マリカが唯一身に着けていた指輪の存在が決め手となった。ルーデンベック城にあった先代伯爵夫人の肖像画——つまりマリカの母親の絵に、同じものと思われる指輪が描かれていたのだ。

まださまざまな手続きが残されているが、いずれはルーデンベック伯爵の称号と城を含む領地を相続することになるだろう——そういったことを、オスカーに付き添われて王宮に上り、初めて国王に謁見《えっけん》した際に言われた。

「耐えがたい悲劇であったが、そなたが無事に生き長らえたことは希望の光だ。両親の分もこれからの人生が清栄であることを祈る」

儀礼用の白絹のドレスに身を包み、緊張に張りつめていたマリカに、国王アルトゥル二世はふと笑みを洩《も》らした。

「……ヴィルヘルムと同じ色の瞳をしている。たしかにそなたはルーデンベックの血を引いている」

歴史研究者でもあった先代ルーデンベック伯爵ヴィルヘルム・アルノルトは、若き日の国王に教師として仕えたこともあったそうだ。マリカの記憶にない両親だが、こうして人々の思い出の中に残り、たしかに存在していたと知るのは嬉しく、——せつない。

国王の言葉どおり、自分にできることは両親の分も幸せに生きて、次代へと命を繋ぐことだと、王宮からの帰り道の馬車の中で思った。

王都エーデンには主だった貴族の別邸が多く、フェルザーシュタイン伯爵邸も丘陵地に瀟《しょう》洒《しゃ》な館を構えていた。国王への謁見に備えて数日前から滞在していたが、明日にはここを発つ予定だ。

懇意にしていたルーデンベック伯爵の娘ということで、国王はマリカにも親身な言葉をくれたが、やはり慣れない場所は緊張した。着替えて庭に面したテラスで夕涼みをしながら、ほっと息をつく。

オスカーがいてくれたから、どうにか乗り切れたようなものね……。

なにしろ貴族の儀礼やしきたりどころか、言葉づかいすら危ういマリカだ。せめて真摯《しんし》にと心がけたけれど、傍《かたわ》らのオスカーも気が気ではなかったことだろう。

「ここにいたのか」

シャツとトラウザーズという身軽な格好になったオスカーがテラスに現れ、椅子の背に掛けてあったショールを取り上げてマリカの肩を包む。

「気温が下がってきたぞ」

「ありがとう」

長椅子の隣に腰を下ろしたオスカーは、当たり前のようにマリカの肩を抱き寄せた。マリカもまた、その胸に頭をもたせかける。

「陛下から結婚の許しをいただいた。戻ったら準備を始めよう」

「ええ」

オスカーの妻になることはマリカにとっても心からの望みで、なんの異論もない。しかし
——。

「どうした？　なにか気になるか？」

低く優しい声に促《うなが》されて、マリカは顔を上げた。

「あなたにふさわしい妻になれるかどうか、不安だわ。貴族の姫君らしい教養は、なにひとつ身についていないんだもの。今日も陛下の前で息が止まりそうだった。失礼なことをしてしまったらどうしよう、あなたに恥をかかせてしまったらどうしようと――」

「よけいな心配だ」

オスカーは一笑に付して、マリカの額にくちづける。

「絵に描いたような姫が娶《めと》りたければ、とうに誰かと結婚している。おまえの正体が貴族だとわかったから、結婚に踏み切ったわけでもない。おまえがおまえだから欲しくて、ともに生きていきたいと望んでいる」

「……オスカー……」

じっと見返す緑色の双眸《そうぼう》が、力強く頷くようだった。

そうだった。マリカもまた、オスカーをオスカーと知らないうちから惹かれていたのではなかったか。

「だから俺は、おまえをフロレンツィアでなくマリカと呼び続けているだろう？　無理に変わる必要などない。そのままでいい。なに、貴族の作法や儀礼など、必要なときだけそれらしく振る舞えばいいことだ。おまえは覚えが早い。今日だって、どこから見ても深窓の姫君で、惚れ惚れするほどだった」

「言いすぎだわ」

そう返しながらも、マリカは安堵《あんど》の笑みを浮かべた。オスカーがいいと言ってくれるなら、心配は半減する。マリカにとっては国王の機嫌よりも、オスカーの気持ちのほうがはるかに重要だ。

「そうだ。これを返しておく」

オスカーはマリカの手を取って、紋章の指輪を渡した。そもそもこれがオスカーと巡り会わせてくれたような気がして、マリカは両手に握り込んで胸に押し当てる。

「宝物だわ……」

「おまえがルーデンベックの娘だと知らせてくれたものだからな」

「いいえ、そうじゃないの。あなたと会わせてくれたからよ。正直に言って、ルーデンベックを継ぐことは荷が重いわ。ただの小娘にすぎない私が、治められるとは思えないもの。ただでさえ領地は荒れているのでしょう？　多くの領民を守るなんて私には――」

「だから心配はいらないと言っているだろう」

指輪を握った手を、オスカーが上から包む。

「なんのために俺がいる。おまえが俺のものなってくれるなら、付随《ふずい》するすべてを請け負う。いや、むしろ任せてほしい。面倒な領政も王都とのやり取りも、おまえがそばにいてくれるならやり遂げてみせよう」

マリカはオスカーをじっと見つめた。この人はどうしてこんなに自分を安心させるすべを持っているのだろう。それだけではない。オスカーがそばにいてくれたら、強くなれる気がする。

「……ありがとう。でも、できる限りのことは自分でもやってみたいわ。それが、私がルーデンベックの娘に戻る意味だと思うし……オスカー、見守っていて」

強い腕がマリカを包む。

「それでこそマリカだ。愛しているよ」

あとがき

ハニー文庫さんでは初めまして。浅見茉莉《あさみまり》と申します。

今回のヒロインはロマの女の子です。主にヨーロッパを転々とする流浪の民。ずばりの合唱曲が、日本では一番馴染みでしょうか。あとツィゴイネルワイゼンとか。あの曲調は情緒があって、本当にすてきですよね。

あんな感じの曲に合わせて、エキゾチックな民族衣装をまとって踊っている姿を見たら、きっと西洋の王子さまも見惚れてしまうのではないか——そんなイメージから作ったお話です。

まあ、漠然《ばくぜん》としたイメージと、実際に出来上がった話に乖離《かいり》があるのはいつものことで。ヒロインはともかく、ヒーローのほうはもうちょっと王子さま寄りを目指していたのですが、不良系傲慢野郎になってしまったようです。ここだけの話ですが、初稿を読んだ担当さんからは、「どうしようもない男」という評をいただきました。素行がよろしくなかった模様。

一応伯爵さまですので品よく、根は真面目なタイプにと軌道修正し、ヒロインへのラブも強調し、どうにかお披露目できるようになりました。よかった。

私が書くヒロインは行動的というか、よく思い切ったことをするのですが、今回も大立ち回りを演じていました。男勝りだとかお転婆《てんば》だというわけではないと思うので、愛ゆえ、なのでしょう。でもいつかは、女の子ならではの見せ場にもチャレンジしてみたいです。

コウキ。先生には超絶美少女で愛らしいヒロインと、高貴な中にもワイルドさを残したヒーローを描いていただきました。衣装も可愛いですよね！

製作にかかわってくださった方々にもお世話になりました。特に担当さんにはスケジュールでご迷惑をおかけしました。

お読みくださった皆さんもありがとうございます！　感想など聞かせていただけたら励みになります。

それではまた次の機会にお会いできますように。

浅見茉莉先生、コウキ。先生へのお便り、
本作品に関するご意見、ご感想などは
〒101-8405
東京都千代田区三崎町2-18-11
二見書房　ハニー文庫
「純潔の紋章～伯爵と流浪の寵姫～」係まで。

本作品は書き下ろしです

Honey Novel

純潔《じゅんけつ》の紋章《もんしょう》
～伯爵《はくしゃく》と流浪《るろう》の寵姫《ちょうき》～

【著者】浅見茉莉《あさみまり》

【発行所】株式会社二見書房
東京都千代田区三崎町2-18-11
電話　03(3515)2311[営業]
　　　03(3515)2314[編集]
振替　00170-4-2639
【印刷】株式会社堀内印刷所
【製本】ナショナル製本協同組合

落丁・乱丁本はお取り替えいたします。
定価は、カバーに表示してあります。

ISBN978-4-576-14105-3

http://honey.futami.co.jp/